小学館文庫

酒と人生の一人作法

太田和彦

小学館

本文イラスト／太田和彦

まえがき

七十二歳になった。

二十三歳で資生堂にデザイナーとして入り二十年勤め、独立してデザイン事務所を持ち、大学でも教えた。会社勤めも、個人事務所も、大学教育もそれぞれちがう苦労と得るものがあった。

今は一人。家から歩いて通う小さな仕事場で一日を過ごす。電話はあるが滅多に鳴ることはなく、誰も私などに用事はない。昼も夜も自炊する。自炊はよい気分転換になる。仕事に飽きるとレコードを聴く。誰もいないので、遠慮なくスピーカーから音を出せるのはありがたい。たまに映画や酒を飲みに出る。健康はまあまあだが、気をつけている。運転免許は返納したので歩くのが運動だ。

＊

現役を引退してまだ元気なのに、居場所がない男たちへの指南記事をよく見る。

家にいても役に立たず粗大ごみ扱い。外に出ても他人や近所との交流ができない。いつまでも自分の現役経験にしがみついた自慢しか言えず嫌われる。見られる視線は「必要のない、終わった人」だ。

それではいけない。地位や収入はなくても人間は働いていることが大切だ。今こそ地域に貢献してボランティアをしよう。趣味の仲間をつくり交流するのはよい方法だ。いずれももっともだ。

私は、人づき合いはほどほどに、一人でいるのがいい。第一線の現役であれば社会生活は避けられないが、もうそれは充分やった。得るものはあったが、もういい、もう一人でいい。隠居して好きなことだけしていよう。

六十歳ころからあちこちに書いた文を整理してみると、そんな自分の生き方が、恥ずかしくもありありと連ねられていた。もしや同年代、これから七十歳を迎える方の参考になるかとこの本にした。

まあ笑ってやってください。

酒と人生の一人作法

もくじ

2 酒を味わう　67

3 旅に出る　87

5 一人を愉しむ 201

6 私の東京物語

1

酒場で飲む

居酒屋の一人酒

居酒屋の楽しみのひとつは、一人で黙っていられるところにあると思う。

一人でじっと黙っているのは案外難しい。会社勤めならばもちろんだし、家に帰っても家族と話をしなければならない。話すのが嫌ではないが、黙っていたいときもある。

新聞を読んだり、テレビを見ていれば黙っていられるが、他の何かに心をうばわれず、ただ黙っていることをしたい。といって公園のベンチにぼおっと座っていると怪しまれる。喫茶店に入ってもコーヒー一杯はすぐ終わり、そのあと何もしないでいるのもつらい。

居酒屋ではそれができる。カウンターの端に座り、目の前の酒をちびりちびり。時間つぶしに酒ほど手頃なものはなく、注文以外にひと言も発しなくてよい。携帯電話もスイッチを切れば、もうここに自分が居ることは誰も知らない。仕事のこと、家族のことなどが頭に浮かぶがやがてそれも消え、考えることはただひとつ、「次は何を注文しようかな」だけだ。

これは人嫌いで山に登るのとはちがう。知らぬ他人が大勢いる中に自分を埋没させる。群衆の中の孤独を愉しむ。人に会いたくて常連仲間のいる居酒屋に行くのではなく、人に会いたくなくて居酒屋に入る。これは都会の愉しみでもある。他人に無関心な都会というが、だからいい。所詮一人では生きられない世の中だからこそ、他人から離れたいときもある。

そうして居酒屋の良さは、郷愁＝ノスタルジーにあると気づいてくる。若いときは、明日をどうするか、将来への備えはと未来に気持ちがあった。しかしある年齢になると昔を思い出すほうが多くなった。もう後先短いからと言えばそれまでだが、思い出す過去ができたのだ。自分は若いころ思い描いたような人生を送っているだろうか。あの娘と結婚していればどうなっただろう、どうしてるかな。それでも働ける場所があったのは幸せと思わなければいけないな。いろいろ苦労して今の自分がある。オレだけが苦労したんじゃない、両親にも妻にも苦労をかけた。

そうして盃を重ねるうちに、あれこれあったがこうなったんだと、自分の人生を肯定する気持ちになってくる。誰しも死ぬときに自分の人生は失敗だったとは思いたくない。高望みはもうないし、いらない。今の酒を大切に味わうことこそ大切だ。

ノスタルジーとは「良かったことの思い出」なのだそうだ。居酒屋一人酒の良さは「自分の人生を肯定する場所」にあるのだろう。

居酒屋の作法

居酒屋通いを始めると、おのずとよく行く店が定まってくる。よく行くから常連だが、店のいちばん良い席に座り、主人とタメ口で話して牢名主然とかまえるのとはちがう。そういう人は常連に見られたい人なのだ。

本物の常連は、入口近くやトイレの前など、店のいちばん末席に座り、上席は初めて来た客のために空けておく。店の主人ともあまり話さず（というか、もう話がない）目立たぬように居て、混んでくればさっと席をゆずる。そうして毎日、開店時間に来る。口開けに来るのは、客が一人もいない店は入りにくいので自分が先客として「まき餌」となっているのだ。それもこれも、その店がなくなると自分がたいへん困るための涙ぐましい営業努力だ。

一人酒だが話をするときもある。酒に酔えばその人の正体が現れてくる。酔って愚痴や悪口、批判、中傷の出る人は、本来そういう人なのだ。酔って自分が店の主役と勘違いして他の客に話しかけたり、乾杯を強要するなど下の下だ。

リタイア中高年の時代になり、居酒屋にもそういう客が増え、話しかけられるときもある。その人は自分が元どんな会社で、どんな地位まで上がったかを話したくてたまらないようで、ついそれを言うが、こちらは「ああそうですか」とまったく興味を示さないのが不満そうだ。会社を離れたらしゃべることが何も見つからないのは人間として幼稚だ。

居酒屋の会話で、相手の話をじっくり聞いて本質を見抜き、意見を求められると懐深い答えを用意し、いつしか尊敬されてゆく本当の大人がいる。肝心なのは知性とユーモアだ。

また居酒屋の良さは、身分も地位も、金持ちも貧乏も、堅気もヤクザも、男も女も、誰もが対等であること。自分の器量以外の自慢はもっとも軽蔑される。あのお客さんが来ると店が引き締まる、愉快になる、悪口を言う雰囲気が消える。それを「酒品」という。そういう客になりたい。

それは「男を磨く」ということだ。周りに気を配り、自分がどう見られているかをつねに意識して、不埒《ふらち》を許さない雰囲気を保つ。そうしてゆっくりと盃《さかずき》を重ねる。知らぬ他人ばかりの居酒屋に一人で居るほどその修業のできる場所はない。

私のよく行く恵比寿の小酒場は、大企業会長も、有名俳優も、大学の先生も、物書きみたいなのも、謎の美女も、何をしているかわからない男も、安そうだと入ってきただけのサラリーマンも、どうやら裏稼業らしきもいて顔見知りだが、氏素性を聞いたことはない。お偉いさんも秘書や部下連れではなく、俳優もマネージャーみたいなのはいない。誰もが一人の器量で来て、一人で飲んで、自分で勘定をして帰る。これがじつにうるわしい。

結論。居酒屋は男を磨くところである。

居酒屋の注文

何十年も居酒屋に通い続け、注文の仕方も型ができた。

答えはきっぱり「酒と刺身」。

私は日本酒党で、刺身に合う酒は日本酒しかない（断言）。白ワインがイガイと合うとか言うけれど、ワインの果汁香は刺身に邪魔になる。刺身と米でつくる最良の料理は言うまでもなく寿司。日本酒は米でつくるゆえに刺身に合う。「イガイと」などと意外なことをする必要はない。

ビールも刺身には合わない。あの豊潤な苦味と生魚は喧嘩《けんか》する。しかし私は酒は必ずビールから始めるのを続けてきた。その日の仕事を終えてさあ飲むぞというとき、ちびちびとスタートは不景気で、やはりシググングング……プハーとやってこそ「さあもう何もしないよ」という一日の終了宣言になる。したがって居酒屋ではまずビールを頼み、お通しをつまみながら本日の刺身の検討に入る。いちばん楽しいときだ。

ポイントは、

(1) 旬を入れる
(2) 三種盛りにする
(3) その三種のバランスを考える
(4) 昆布〆、酢〆が入ると豊かになる
(5) 貝を忘れるな

(1) はもちろん旬は味がよいからだが、例えば「小鰭《こはだ》の新子《しんこ》」「初カツオ」「鮎入荷」など「季節の走り」の貼紙があれば〝食べたくなくても注文する〟のが江戸っ子で「オレは知ってるぞ」と見栄を張る。
(2)は、一種類がたくさんよりも、二～三切れずつ三種の、味の変化が楽しい。
(3)は苦心のしどころで、基本は白身、青魚を組み合わす。白身も透明に近いさより・かれいと、桜色が帯を成す鯛では見た目がちがう。これらを味の対比、盛り合わせた色と姿の美しさで選ぶ。したがって、ひらめ・かれい・いかの三種盛りは真っ白で淋しくなる。
(4)そこに、切っただけではない仕事が入ると選択肢が増える。昆布〆、酢〆。あじは〈たたき〉か〈なめろう〉か。かつおは〈刺身〉か〈たたき〉か。たたきはちり酢の正調か、尺塩を振って炙《あぶ》る〈焼切り〉か。最近は皮目をガスバーナーでガーッと焼くちょい炙りも人気。かわはぎがあるとなれば「肝は?」となる。
(5)は忘れてならない脇役で、鮮紅の赤貝、鴇色《ときいろ》の青柳、象牙色の平貝《たいらがい》、黒い鳥貝など、貝が入った華やかさは、主役を引き立てる三味音曲の如く。もちろん味のアクセントも。
ならば全部を盛り合わせればよいではないかと思うかもしれないが、それは野暮な田舎のお大尽。粋な刺身盛りはあくまで三種まで。興がのれば品を替えてもう一皿とるのが江戸っ子の流儀だ。てなわけで――

「刺身。鯛・まぐろ赤身・小鰭の一緒盛り。酒、○○のお燗。四十五度で」

「かしこまりました！」

さて二皿めは、

「まこがれい・〆鯖・赤貝。まこがれいは紅葉おろしでぽん酢、〆鯖は生姜、赤貝は山葵《わさび》でヒモ忘れるなよ。添える生若布《わかめ》は多めにな」

「か、かしこまりました」

うるせい客だなと睨まれるのでした。

おひとりの達人

私は居酒屋は一人で入るのが基本だ。誰かと行くと相手をしなければならず、居酒屋に専念できない。今の人は注文ができないからいつまでも決まらず、また場違いを頼んでいらいらさせる（最初からポテサラかい）。

私はさっさと自分のだけ注文して飲みはじめる。先に届いた私の皿をいいなあと眺められても、分けてあげない。居酒屋の肴は一皿を味わって満足する量になっている。

刺身の三切れを一切れ取られたら二切れになってしまう（ケチ）。欲しけりゃ自分で注文シロ。嫌みな飲み方？　そうでござる。しかし女性とご一緒のときは豹変。「きみ何が好き？　あ、ぼくも」「どうぞ箸のばして」とサービスこれに努める。

関東の人間の基本注文は「酒と刺身」だ。このひと言で決めて品書きなんか見ない。しげしげ眺めるのは田舎者、オレはこの店のことは知ってるんだという見栄だ。と言うのは半分本当だが半分はそうでもない。私は注文は慌てず、必ず出る〈お通し〉で一杯やりながら品書きをしげしげと眺め、長期計画をたてる。

まず刺身（最初は常にこれ＝今日は小鰭と鯛の昆布〆）↓和えもの（口をさっぱりさせるため＝青柳とネギのぬた）↓焼物（そろそろ焦げ風味＝穴子の風干しだな）↓珍味（ここからは酒に専念＝自家製塩辛のお手並み拝見）と最後まで決め、その通り進める。あとは様子を見て、カウンターに銀杏《ぎんなん》があれば「これ焙《あぶ》って」と合間にはさむ。基本は「季節感重視」。酒もそれに合わせて替えてゆくのは言うまでもない。こうして誰にもとらわれない「おひとり」の時間を満喫する。

しかし関西に出かけて飲むとなれば、必ず注文するものができてしまう。それは東京にはないもの。味はわかっているのだが確認し「ああ、関西に来たなあ」と納得する。店も同じ。いつもの店に「来てまっせ」と顔を出し（にわか方言）、その後から新規開拓だ（ご苦労さんなこってす）。

京都ならば「神馬《しんめ》」。お義理ではなく、ここに来れば季節の最良の品を、変わらぬ酒で愉しめる。もし東京からの日帰りで一軒だけとなれば「神馬」だ（そういう日もあった）。

東京にはない代表的な肴は「きずし」だ。遙かなる昔、初めて入った関西の居酒屋、今はなき名店「中野」で品書き「きずし」を見て、これは刺身のにぎり寿司だなと思い、飲んだ最後の締めに注文して出てきたのは「〆鯖」。しかしそれは関東の酢洗い程度とはちがう、甘い二杯酢でしっかり〆たものだった。以来関西では必ず注文するようになり、店の腕の見せどころの品と知った。先斗町《ぽんとちょう》の「ますだ」は芸妓好みにしなやかで二杯酢針生姜をのせる。二条川端「赤垣屋」は男だけの店にふさわしく甘味少なくさっぱりと男らしい。新京極「蛸八」はしなだれかかるような年増の仇《あだ》っぽさ。

甘鯛もまた関東では出てこない魚で必ず注文し、「カマ」があればしめたもの。刺身も関東は血の匂いのするまぐろ赤身が不動の一位。関西は白身の「鯛」だ。若いまぐろ「ヨコワ」も関東にはない。逆に「カツオ叩き」「なめろう」などは関東が優れ、それは荒っぽい漁師料理ゆえなのだろう。関西の基本は割烹料理だ。「丸鍋」も関西だけで、以前「どじょうですね！」と言ったら「すっぽんです」と軽蔑顔に言われて恥をかいた。京都では下品な泥鰌など食べない。

また関東は「酒優先」、関西は「料理優先」。ブランド主義の関東人は酒の銘柄を言ってから料理を選ぶが、関西は逆。「お酒は?」と聞かれても「料理に合えばなんでもええわ」くらいで銘柄にはこだわらない。それゆえ日本酒七種をブレンドした「神馬」の燗酒は選ばなくてよいから楽で、その味はまことにおだやかだ。

中高年の店選び

中高年はどんな居酒屋に入ればよいか。

若い人の多い店は、くたびれた親父は浮いてしまい居心地が悪い。立派な構えよりは路地の気の利いた店がいいが、いざ一人で入るには勇気がいる。といって気楽なチェーン店では味気ない。金は多少持っているけれど、さて困った。

このとき絶対に行ってはいけないのは、勤めていた現役時代に仕事の接待などで顔なじみだった店だ。久しぶりに喜んでくれるだろうと入ると大違い。一人で来たのを困惑されるだけで、それがわかるから、あれだけ使ってやったのに何だと機嫌が悪くなり、勘定を自分で払うのも気恥ずかしく、こんな高い店だったんだと気づく。家に帰ってのもう一杯は荒れることになる。

店にとっては会社や肩書きが上客だったのであり、それがなくなれば普通の客でしかない。といって無下にもできないが、厚遇すればいずれまたが望めるわけでなし、要するに面倒くさい客でしかなく、昔話でも始められたら鬱陶《うっとう》しい。

では、同僚や部下とよく通った店に、もしかして誰かいるかもと行っても、「おひとりですね」と言われ、話し相手もなく淋しく、あの人はああなってしまったんだという店の視線がつらい。たまたまそこに知った部下が来て「おお！」となるが、これも向こうは迷惑。「最近どう？」などと仕事のアドバイスをしたがるのは最悪で、「あなたがようやく辞めてくれたので体制を刷新しています」とは言えない。後輩にとっては辞めた人と酒を飲んでもまったく意味はなく、であれば後輩のために、こちらから勤め先とはきっぱり縁を切ることだ。自営業や独立して仕事を続けてきた人は定年もなく一人に慣れているけれど、すべて会社頼みだった人は「一人」になるとどうしてよいかわからない。

否応なく誰も自分を相手にしない現実に直面し、世の中に放り出された苦い認識に至る。こういうときこそ酒だが、知らぬ店に入る度胸もない。

＊

――しかし、と私は言いたい。これこそよい機会ではないか。待っていた、何でも一人で決めて実行できる人生が来たではないか。一人でふらりと居酒屋に入るのに慣れておけばよかったが、今すればよいではないか。これからの人生の扉をいざ開こう。今日からは仕事絡みではない自分のための酒を味わい、もしかすると店の大将や女将と顔なじみになれるかもしれない。それは自分を誰も知らない世界に身を置く快感、今まで自分のまわりにはいなかった人々と出会い、余生ではない新しい世界を知るときではないか。

私は家族経営の古い居酒屋を勧める。多くは二階に住み、住んでいれば丁寧に清潔にして、家族経営であれば売り上げはすべて自分たちのものだから仕事も熱心。ひとつの場所でながく続いているのは健全な信用の証拠だ。

その反対はチェーン居酒屋で、安ピカはわびしく、バイト店員は返事だけ、見えないところは掃除しないし、店長は代わってしまえばそれまでで、店と親しくなる意味がない。

しかし家族ならば、大将は店を見わたし、女将は注文をうかがい、包丁をとる板前は入り婿か。年配のお母さんも「私もなにか」と前掛けで手伝い、酒一本でも丁寧に盆で運び、「どうぞごゆっくり」と腰をかがめてくれる。二階からは子どもを寝かしつけたらしい嫁さんが降りてきて洗い物を始める。家族が一丸となって働く光景を見て飲む酒ほど旨い酒はない。あの柱は古いが、だからこそ毎日拭き磨いている美しさはどうだ。

そうして気づくのは、この柱は自分だということだ。ながい間働きづめでこの歳になってしまったが、それを風格と呼びたい。だからこそ貴い。流行はもういい。若い奴なんかにわかるもんか。酒も肴も丁寧であればそれでよく、グルメとはちがう。よい歳をして「今ここが旨い」などと食べ歩きを吹聴するのはみっともない。人生で何が大切かわかっていないぞ。

ここだ、この店だ、もう動かん。ここには誰も連れてこない。

「お客さん、このあいだも来ていただきましたね、ご近所ですか」

「いや、そうでもないんだが。このラッキョウ旨いね」

「ああ、オフクロの手づくりなんです」

その母が嬉しそうに頭をさげてくれる。

＊

どうです、いいでしょう。こういう店を在職中から見つけておくことが大切だ。それを銀座と新宿と神楽坂と浅草と五反田に一軒ずつ持っておけば、どうにでもなる。本妻とは別に五人の……（ヤメ）。毎日毎晩、食事をつくらされている妻も、夕方「ちょっと飲んでくる」と家を出れば、「どうぞどうぞ」よろこんで送りだすはず。酔って戻ればすぐ寝てしまう世話いらずはありがたいだろう。妻は夫に家に居てほしくないのだ。

出身も、前歴も、肩書も、栄光も、失意も、現在も、何も見せず、ただ自分一人だけの器量で酒を飲む解放感、その味、酔い心地。それができる年齢になったのだ。

健闘を祈る。

居酒屋上級編

最近の日本酒、焼酎はほんとうに旨くなった。日本酒は若手蔵元杜氏《とうじ》のまっすぐな酒造りが、清らかにして旨みのある名酒をつぎつぎに生み、若い女性の圧倒的な支持を受けている。女性杜氏も当たり前になったのも、そういう味の傾向にしているのかもしれない。今や日本酒は「オヤジ酒」ではなくなった。

焼酎は蒸留酒（スピリッツ）で、カクテルの基本ベースであるジンやウォッカのように他の飲み物との親和性が高く、レモンサワーやトマトジュース割りなどいろいろな飲み方ができ、これまた女性の焼酎ファンを生んでいる。醸造酒の日本酒やワインはあまりそういうことをしない。

私はそれをどう愉しんでいるか。ある日の居酒屋で——

しかるべき席に着くと「とりあえずビール」。これは注文をとりにきた人を側でいつまでも待たせないため。ここで慌てて「なんでもいいや、枝豆」などとしてはいけない。

そのビールが届いたらお通しをつまみながら品書きをじっくり読む。日本だけにある「お通し」は、とりあえずこれでしのいでくださいという品だが、店のセンスの見せ場であり、ある居酒屋店主は、客が最初に口にするものだから勝負、手を抜けないともらした。

まず酒。奥播磨《おくはりま》、七本槍《しちほんやり》、紀土《きつど》、國権《こつけん》、日高見、乾坤一《けんこんいち》、奥能登の白菊、……ふうむよく揃えてるな。田中六五《ろくじゅうご》があるのはえらい、信州の十九《じゅうく》はよく手に入った。今の居酒屋のレベルは揃える酒で決まり、最近の動向を知る店主の勉強が表われる。

次に肴。〈若布と青柳のぬた〉ね。最初に酸味は食欲をそそる。〈〆鯖〉は店によってちがうけどここのはどうか。〈焼き蛤〉はすばらしいがホンビノス貝かもしれないな。〈本日のなめろう〉本日のと言うからにはその日の青魚だな、よし候補。〈おから〉こういうなんでもないものが旨いのが名店だ。野菜もとらなきゃ、サラダはおおげさだからこの〈季節のお浸し〉がいいじゃないか、注文のとき野菜を聞こう。この店だけの品はないか。〈穴子の燻製・桜チップ〉こいつは旨そうだ。焼魚は大物なら〈ぶりカマ〉、少しなら〈うるめ丸干し〉。いやいや焦げ風味には〈焼油揚〉という必殺がある。ネギと削り節たっぷりで願いたい。最後は腹具合をみて〈まぐろヅケ茶漬け〉か〈梅干しにゅうめん〉にしよう。しかし酒のスタートは常に〈造り＝刺身〉からだ。よし決まった。

「すみません、秋鹿《あきしか》艚搾《ふなしぼり》直汲《じかぐみ》純米吟醸《じゅんまいぎんじょう》無濾過《むろか》生《なま》をお燗、造りは、鯛・よこわ・赤貝」

どうですこの見事な注文。大阪の名酒、自家田の最高級山田錦を使った純米吟醸をお燗するなんざ最高の贅沢。しかも生だから「今、オレが火入れする」と生娘を嫁入りさせる気分だ（おおげさです）。造り盛りの基本は〈白身・赤身・貝〉の三点盛りで、五点盛りは田舎お大尽になる。足りなければ皿を改め「もう一皿、トビウオと平貝」と追加するのが粋なやり方だ。

しかしここには店へのテストもある。「吟醸酒はお燗できません」と言ったら、即中止して店を出る。日本酒は温めてこそ最高の力を発揮するという基本がわかっていない。「承知しました」と錫《すず》ちろりの湯燗を始めたらおおいによろしく「四十五度ね」とひと言入れたくなる。造りのテストは赤貝で、注文を受けて貝を開けたら大合格、さらにヒモも添えたら言うことなし、つぎも来ようとなる。

テストはさらに続く。どうぞお好きなのをと盃の籠盛りを出してくれたらこれは愉しい。好みは白磁平盃だが、おお、いいのがあるな。でもこの山水画のもいいから酒を替えたとき盃も替えよう。さらに徳利。最近徳利を揃える店が増えて「オレの教育も進んできたな」と手前勝手に解釈。京都の「そば酒まつもと」で「その青いのの奥の、それ」とうるさく言うのもいつものこと。逆に素焼き土ものだらしない徳利に同じぐい飲みだったらもう来ない。——と数々のチェックありまして。

ツイー……うまいのう。

となるわけです。

居酒屋の愉しみとはこういうことだ。酒、肴をじっくり吟味して全体の流れをつくり、おもむろに最初の一品を注文する。「膳をつくる」といって、徳利・盃・箸・肴一品、常にこれだけを置いて目の前をきれいにしておく。狙いは「粋に飲む」。一度にどさどさ並べるのは田舎者だ。そうしてゆっくり、しかし流れるように姿勢よく酒と肴を注文してゆけば「あの人はできる人だ、きっと太田ナントカの本を読んでいるにちがいない」と一目置かれる（ことはない）。

酒も二本目になると、おもむろに主人と言葉を交わす。それは料理の話がいちばん。「穴子の燻製とはいいこと考えましたね」「いやあ、思いつきなんですが意外と受けて」この調子。しかし美人女将《おかみ》ならば台詞は変わる。「結城のお着物すてきですね」「母からもろたんで古いんどす」それには着物の勉強をしておかねばならない。

酒が焼酎ならばまた雰囲気が変わる。私はお湯割り派で、それも「前割り」＝数日前から水で割って寝かせたのを日本酒のようにお燗し、茶碗で飲むのがいちばんだ。その焼酎の仕込み水で割った「本割り」なら言うことなし。焼酎もまた温めて飲むことで、じんわりと体も脳もゆるめてくれる。

そうしてじっくり味わう。あまり話をすることなく何か考える。人生とは、酒を飲むとは。こうして飲めてるだけで幸せだ、初恋のあの娘はどうしているだろう、手は握ったけどチューはできなかった。若かったんだな、今ならできるんだが（コラ）。幸せにしているだろうか、あの娘と結婚していたらどうなっていただろう。

「太田さん、何、にやにやしてはりまっか」

「いや、あのその、……お代わりもう一杯」

女将のいる店

女将の居酒屋が大好きだ。男主人の居酒屋は覇気があるが、女将の店は居心地が優しい。よく女性に「居酒屋に入りたいけど、どういう店がよいかわからない」と聞かれると「女将の店」と答える。女は女同士、決心して入ってきた女性客を「こっちいらっしゃい」と自分の近くに座らせて安心させ、ついでに鼻の下を長くする常連オヤジに「ちょっかい出しちゃだめよ」とけん制をかけ、「さ、何にする、うちのはおいしいわよ」。これで安心だ。夫婦の店であっても、やはり女将は女性客を大切にし、主人は「女はおまえにまかすわ」と男同士の話に入ってゆく。

でも私は女将の前がいい。初々しい若女将、愛想のよい中年増女将、貫録の大女将。色気はだんだん減ってゆくが（コラ）、経験を重ねた人間味が酒の味を深くする。

そのとき着物に白割烹着であれば最高だ。白割烹着は、清潔で、家庭的で、男を立てる風情があり、ほのかな色気もある。つまり男の求める女性像がすべてである。

昔の母は誰もが着て、町内寄り合いの台所や炊き出しには白割烹着軍団となり、疲れた男どもはそこにゆけば飯と酒にありつける大いなる頼りになった。女は真っ白な割烹着にプライドを持ってかけつけた。外国にもこういう救世イメージの服はあるのだろうか。日本の男は女性に母性を求める傾向が強いというが、居酒屋女将にもそうなのだろう。また女性には「一度は着てみたい白割烹着」ではないだろうか。新婚若妻の白割烹着を見て目尻を下げない男はいない。

私は長年の居酒屋通いの結果「日本三大美人白割烹着女将」を選定した。

北海道旭川、創業昭和二十一年の老舗「独酌三四郎」の、すらりと背が高く涼しげな風情の女将の白割烹着はひざ下までの古風なもので、戦前の日本映画の女優のようだ。しかも普通は四角の襟をV字襟に特注してエレガント。昨年暮れにひさしぶりに訪ね、カウンターの椅子に背をしゃんと端座する少しも変わらない若さを言うと「太田さんも、お若いです」と言われて嬉しかった。

仙台、創業昭和二十五年の「源氏」は東北の経済人や大学の先生などに愛されている名店。ほの暗い石造りの蔵に大きなコの字カウンターがまわる。舟のような独特の髪形の細面の女将は琵琶の奏者でもあり、渋めの着物にひざ下までの長い白割烹着がまことにぴたりだ。余計な口はきかず、手が空くと店の隅の小椅子に姿勢を正して座り、白割烹着は行儀がよくないといけないとわかる。私も注文以外に口はきかないが、あるとき、奥の厨房の息子さんを紹介されて嬉しかった。

京都三条小橋、創業昭和十四年の「めなみ」は、今の女将の祖母・なみさんが、女なので「めなみ」と名乗って始めた。白木カウンターの中は白い調理着の板前が黙々と働く典型的な京都の店。今の若女将は三代目、粋な着物にこちらもひざ下白割烹着のうりざね顔美人だ。二番目のお子さんのための産休中はちと淋しかったが、復帰され「どちら？」「女どす。男、女となりました」「それは理想的」の会話が嬉しかった。

さらに東京銀座「みを木」、大阪心斎橋「わのつぎ」、福岡西中洲「なゝ草」を加えて、日本六大美人白割烹着女将としていたが（一人で勝手に）、「なゝ草」の愛くるしい若女将は寿退社されて残念。

白割烹着は着物にだけではない。かつて麻布十番にあった昭和三十年代ムードの居酒屋「ラッキー酒場」は、黒のタイトスカート、ふわふわモヘアのピンクのセーターにミニの白割烹着で、着物が戦前の松竹女優なら、こちらは昭和三十年代東宝映画の浜美枝や水野久美、団令子風セクシーでこれまたいける。

いつか飲み友達の女性連にそんな話をして「白割烹着愛好会」をつくりたいと持ちかけると「ヘンタイ！」と却下された。

居酒屋は大人の場所

男もいい年になったら行きつけの居酒屋を持ちたい。「時間が空いた、ちょっと飲むか」というときに、どこへ行こうかと迷うようではちと淋しい。

誰かと会い「一杯やるか」となって「どこにする？　まかせる」「じゃ、ちょっと知ってる店がある」と暖簾をくぐると「お、○○さん、いらっしゃい」。勝手知ったる常連の迎え。「今日はヒラメがいいっすよ」先週も来たのを覚えている。「ビールからですね」飲み方も知っている。「じゃ、ビールと刺身、あと燗酒」。そうしてしばらく。「おまえ、いい店知ってるな」。そうさ、という気持ちだけど軽くいなす。

もっと大事な場面。大切にしている彼女とのデートでねだられた。「いつものイタリアンや、しゃれた店もいいけれど、あなたが一人でゆく行きつけの店に連れてって、居酒屋でいいの」。

さあここだ。男たる者、一人で通う店もないようでは情けない。また、そういうときに高級な店に連れてゆくのはバカだ。彼女とは張り込んでも、自分一人で飲むときは安い居酒屋というのが人間が深く見え、着実な生活意識の持ち主とわかる。一人で贅沢する男なんてロクなもんじゃない。

というわけで「汚いぞ」とか脅かしながらいつもの居酒屋へ。

しかし問題はここからだ。つまりその店でどういう扱いをされているかだ。落ち着いた堅実な男として一目置かれているか、お調子者の軽薄男と扱われているか。日ごろがここに表われる。

また、その店自体がどういう客の集まるところかがある。渋いけれど身なりの良いきちんとした勤め人の来る店か、何やってるかわからないような連中のたまり場か、芸術家や文化人がさりげなく来ていて、そういう人に声をかけられ普通に話すと彼女の見る目も変わってくるかもしれない。

女性は、男同志に良い仲間がいるか、そこで尊敬されているかを男の価値として高く見る。安く汚い居酒屋でも、良い常連がいて、そこで闊達《かったつ》に振る舞え、頼りにされている様子が見えれば評価はかなり上がる。女性がある時点で「あなたの行きつけに連れてって」と言うのはそこを知りたいからだ。だから行きつけの居酒屋は、いざというときに大切になる。それには良い店を選んで、日ごろの顔出しだ。

＊

良い居酒屋の条件は「いい酒、いい人、いい肴」。この三つがバランスよく整うのがよい。「人」とは主人の人柄や客柄、店の居心地などを指し、じつはこれがもっとも重要で得難い。ヒントは「古い店」だ。主人も二代目なら客も二代目、親子で通っているような店だ。何代も続いているのは誠実な商売を続けてきたからで、その信用が客を呼ぶ。古い居酒屋は主人と客が長年かけてつくり上げてきた独特の雰囲気があり、客はそれを楽しみに入り、またその雰囲気を大切にしている。そういう店に臆せず入り、いつのまにか自然になり、名前で呼ばれるようになるのが理想だ。学生時代の延長のような騒ぐだけの店ではいけない。居酒屋は大人の男の世界。「○○さん」と名を呼ばれ、自然体で振る舞えるようにならなければいけない。そこに女性を堂々と連れてゆこう。

古いということで言えば、最近開店する居酒屋は「昭和レトロ」ばかりだ。貧乏くさくつくればつくるほど人気が出る不思議な時代。これは懐かしさや不景気のためもあるだろうけれど、貧しいムード＝恰好つけなくてよい、むしろ人と人の温もりや、本音を言える雰囲気を求めているのだろう。おしゃれなレストランではおしゃれな言葉しか出てこない。しかしそんな真実味のない会話は疲れるだけだ、と。

言うまでもなく昔の居酒屋はそういう場所だった。人が居酒屋へ入るのは酒をがぶがぶ飲みたい要素もないではないが、一杯の酒で本来の自分を取り戻したい、グチも言いたい、言うだけ言えば、さあ明日、という気持ちにもなれる。それが居酒屋の役割だった。昔を知らない若い人も本能的にそれを求めているような気がする。居酒屋は大切なのだ。

一方、居酒屋はここ十年くらいに、日本酒と和食を手軽に味わえる場所として飛躍的に深化した。史上最高の黄金時代と言われる日本酒の高水準と、外国にまで行って食べ歩きをしてきた客たちの肥えた舌がそうさせた。昔のように塩辛ひとつでぐいぐい酒を飲むのではなく、吟醸酒のようなきれいな日本酒を食中酒として、料理と等分に愉しむ。つまりワインと同じ。ワインも日本酒も同じ醸造酒で食中酒。ワインでイタリア料理の好きな人も、日本酒で和食を好きな人も、そのミックスが好きな人もいるということだ。

そういう居酒屋は会社帰りのサラリーマン飲みではなく、食べることが好きな男女や、落ち着いた中老年夫婦、また女性グループが圧倒的に多く、場所も飲み屋街ではなく、住宅地や私鉄沿線にある。ヘルシーな和食は意識の高い層に好まれている。

居酒屋は男を社会的に一人前の大人にするところであり、自分の心をなぐさめ、他人に心をひらくところであり、そして第一に、おいしい酒と料理を愉しむところである。そういう行きつけの居酒屋をいくつか持てば人生が豊かになる。

酒が人間をつくる

酒の最大の効用は酔うところにある。これだけは他の飲み物にも食べ物にもない。酔うとその人の人間性が裸になる。酔って批判を始める人は本来そういう人だし、酔って愚痴を言う人はそういう人だ。酔って威張る人も、泣く人も、エッチになる人もそういう人だ。だからいい。たまには酒でも飲もうと誘うのは、たまには互いに裸になって人間味に触れ合おうという意味だ。人間味だから自慢も、愚痴も、泣き言も、甘えもある。それのない人は人間味のない人で、つき合っても面白くない。互いの弱さを認め合うのが酒の良いところだ。

男女の仲も同じだ。表向きだけでつき合ってもその人はわからない。甘えんぼ、見栄っ張り、ずるさ、正直、正義感、優しさ、意外に芯の強いところ、などなどが酒の酔いに誘われて現れてくる。女性が、相手の男のうわべだけではない人間性を知ろうと思ったら大酔いさせるのがいちばんで、そこで現れた性格がその人の本質だ。もちろん男女逆もある。酒が入るとますます魅力が増す女性はじつに素敵だ。

最近の若い人が酒を飲まなくなったというのは、自分という人間を裸にさらすことができないからではないか。また他人の裸の人間性も見たくない。スマホやパソコンに熱中するのは人間性がないから安心なのだろう。結婚相手が見つからない、結婚がわずらわしいというのも同じだろう。人前で裸になるより一人のほうがいいや、酒も家で一人飲みのほうが気楽、では結婚はおぼつかない、腹を割った友達はできない、そもそも社会生活ができない。

そんなことではもちろんだめだ。人に揉《も》まれて、互いに裸になって、笑って、議論して、喧嘩して、共に泣いて、酔って抱きしめてこそ、人間が、自分がわかってくる。それは人と人の社会で生きていく訓練になり、自分の欠点を知り、相手を認める度量ができる。だから酒を飲め。飲めなければ飲めるように訓練をしろ(まるで飲んだお説教ですが、これは本当です)。

*

大学でデザインを教えていたとき、毎年のゼミのメンバーが決まるとその夜に飲み会をした。居酒屋で普通に乾杯した後、ビールの注ぎ方を教える。「僕の注いだのを飲んでごらん」と実演して飲ますと間違いなく「先生、さっきのとちがう、おいしい！」と歓声が上がり「なにごとも技術だ、やってみろ」となる。

もとより学生は金がないが、こちらも貧乏ゆえ居酒屋に話をつけ酒を持ち込みにさせてもらう。持ち込む酒は神亀《しんかめ》、十四代、秋鹿《あきしか》、飛露喜《ひろき》、竹鶴など日本最高の名酒ばかりだ。それを飲ませるとこれまた「いつも飲んでるのと全然ちがう！」と声が上がり、当たり前じゃ、芸術も酒も本物に触れなければだめだと、先生くさいひとくさりを開陳する。

そうして飲む飲む。バカな失敗談に大笑いし、個人の悩みを聞き、授業はわかっているかと本音を探り、もちろんこちらも大いに飲む。心がけているのは「酒を飲んだら何を話してもよい」「酒を飲むと楽しく愉快ですっきりする」と思われたいことだ。昼の授業は冗談ひとつない厳しい課題を積み重ねていたが、ときどきの飲み会は日ごろの鬱積を吐き出し、翌日の授業を集中させた。

そんな学生たちが卒業して何年か過ぎ、今もときどき新宿の居酒屋に集まって近況を聞いたりしているが、「社会に出たら、先生の飲み会で教わった酒の飲み方がいちばん役に立ちました」と言われたときはフクザツな心境だった。

＊

会社に入ると先輩から飲みに誘われるのは、「酒を飲ませて人物を見てやれ」という目的だから、ゆめ羽目を外しすぎてはいけない。しかしいつまでも酔わずいるのは可愛くない。先輩よりも先に酔うのが後輩の礼儀だ。

これは逆に上司を観察する機会でもある。上司も人だから酒に酔えば人物が出る。部下に手柄話を自慢する上司は他に聞いてくれる人がいないのかもしれない。他部署を批判する人はそこから嫌われているのかもしれない。自分が話すよりもこちらの話をじっくり聞く人は、いざというとき相談にのってくれそうだ。会社の縁で知らぬ同士が一緒になった。まずは互いを知ろう。それには酒だ。

こういうことも今は減っているようだ。欧米型に仕事を終えたらさっさと帰り、上司や同僚と飲みにいくなどしない。上司も昔のように交際手当てがないから、なかなか部下におごることもできない。

昔は上司が部下を居酒屋に誘い、酒を飲みながら説教をするのは普通のことだった。部下もおごってもらうのだから説教くらいは我慢した。しかしそこから教えられたことは（反面教師も含めて）多いはずだ。こういう席を経験しないから、いい大人になっても友達同士の飲み方しか知らず、酒の知識も酒席のマナーも無知な子どもで、仕事の大切な接待席などには出せない。

また「勤務時間外まで会社とつき合うのはご免です」と言うのは、せっかく組織に入ったのに勿体ないと思う。組織の人間を知ることで、会社社会の難しさや、人とのつき合い方を学んでいく。会社相手に仕事をするなら会社組織を支える人間のパターンを知らなければならない。酒席でそれが見えてくる。いずれ起業独立を夢見る人ならなおさら一度は組織で修業する経験が必要だ。

そういう功利的なことだけではなく、人間に生まれたんだから人間らしさ、弱さや、強がりや、甘えのある人間同士でつき合おう。それには酒だ。好きな彼女と居酒屋で大いに酔っぱらえ、酔っぱらって肩を組んで千鳥足になれ、酒の上の失敗をしろ。酔った裸の姿をさらして嫌われたらそれまでだ。酔って気取りを捨てたあなたが好きと言ってくれる女こそ、いい女だ。

酒が人間を成長させる。人間関係を豊かにする。一生の友をつくる。

東京の居酒屋

人口も都市規模も格段に大きな首都東京は、日本一の居酒屋都市だ。

特色①は、ながい歴史を持つ古い店が特に下町にたくさんあること。居酒屋は酒屋の店頭で量り売りで飲ませる立ち飲みに始まり、やがて簡単な肴（田楽とか）も出す「居」酒屋になった。一時期世界一の大都市と言われた江戸は独り者も多く、居酒屋が誕生した。

特色②は、その反対にもっとも新しいスタイルの居酒屋があること。新しい飲食トレンドはまず東京で生まれ、流行に敏感を自認する東京人はその最初の客となりたがる。居酒屋も、モダンインテリア、古民家、昭和レトロ、おしゃれ立ち飲み、日本酒バーなど、その変遷ははげしい。

特色③は、日本各地の地酒を並べた銘酒居酒屋が多いこと。それはうんちくとブランド好きゆえで、東京の客は酒にうるさく、それを誇示したがる。また全国から人が集まっている東京は各地の地酒で応え、日本中の郷土料理、望郷酒場が揃う「大いなる田舎」でもある。

特色④は、料理料理しない小粋な酒の肴をよろこび、調理に凝るよりは味のはっきりした単純明快なものを好む。せっかちな江戸っ子は注文したものがすぐに出てこないと機嫌が悪く、品書きには目もくれずいつも同じ品をパッと注文する。関西人のようにじっくり選んで珍しいものを選び「少々お時間いただきます」「ええで、丁寧にやってや」ができない。

特色⑤は、知らない店に入りたがらず、自分の決まった店だけに通う。店が自分を知っていることが第一条件で、あちこちグルメ歩きするなどは野暮な田舎者のすることとうそぶくが、案外気が弱いのかもしれない。

料理よりも酒が優先し、いつもの店の簡単な肴でかけつけ三杯をキューッとやる「粋」を気取るのが東京の居酒屋だ。酒量は口ほどでもなく案外弱く、すぐ寝てしまう。

そういう酒飲み気質を育てた、東京を代表する居酒屋を八軒紹介しよう。

伊勢藤

石畳の続くいくつもの小路が花柳界の面影を残す神楽坂のシンボル的存在が、坂頂上の毘沙門天前を入った「伊勢藤」だ。黒塀に緑の椿の植込み、たっぷり長い縄暖簾に「御酒　伊勢藤」の行灯《あんどん》から漏れる光が映えて美しい。創業昭和十二年。最初の建物は戦災で焼け、今の家は昭和二十三年に昔通りに建てたものだがそれでも築七十年だ。

中がまたすばらしい。藁切り込みの荒木田壁、割竹壁、黒光りする柱、梁。通りと遮る白い障子を透かす柔らかな光が土を踏み固めた本物の三和土《たたき》を照らし出す。鉤の手にカウンターが囲む二枚畳真ん中の囲炉裏はきれいに灰がならされ、自在鉤に鉄瓶、炭籠、火箸を置く。脇上には清酒四斗樽薦被《こもかぶ》りが鎮座。離れて小机、上がり座敷もある。

酒は「白鷹本醸造」のみで、ビール、焼酎はない。酒は黙っていれば燗で、冷やを頼むと「常温でよろしければ」と言われる。囲炉裏前に端座した主人の、熾《おこ》る炭火を囲んで灰に埋めた独特の銅壺による燗酒の黙々たる所作はお点前のごとく美しく、その酒はおだやかそのものだ。盃は盃台に、徳利は小板に置いて布の指拭きを添えた一式は武家の酒のような格式を感じる。

座るとお決まりの一汁三菜。ほかにいくつかのつまみがあるが、大きな料理ではない酒の肴ばかり。毎月一日、十五日には蕎麦が出る。かつては酒は一人三合までだった。

上がる扁額「洗心酒洞」はこの店のこと。そして小さく「希静」。声高の客は「お静かに願います」と注意される。私も注意された。「酒は静かに飲むべかりけり」賑やかにやりたければよそに行けばよい。東京の居酒屋は店の流儀に従わされる。そこがいい。

冷房なし、団扇《うちわ》あり。冬はストーブあり。陰影礼賛。酒を飲むことをここまで洗練させた東京の文化がある。

鍵屋

台東区根岸の裏通り。椿の大樹を脇にした、大正時代の木造二階家が居酒屋「鍵屋」だ。安政三年に酒問屋で創業。昭和初期から店の隅で飲ませ、戦後本格的な居酒屋に。先代まで表の言問通りにあったが、道路拡張で、もと踊りの師匠が住んでいたここに移り、先ごろ黒塀に囲んでさらに風格が出た。

夕方五時、夏の白麻暖簾をくぐり、厚い楓のカウンターもいいが、四畳半ほどの入れ込み小上がりの昔の座卓を前にあぐらをかき、夏でも燗酒を独酌する。年代物のアカ〈銅〉の燗付け器を扱う主人の手さばきは絶妙だ。

お通しはあっさり炊いた〈みそ豆〉。小板の品書き十種ほどは戦前とまったく変わらない。〈冷奴〉は皿に乗せた木の簀《す》の子に半丁を切らずに置き、黄色のおろし生姜と緑の刻み大葉を二盛りする。〈たたみいわし〉は一枚を円筒にカールしてちょい焙りする。小さい鰻「めそ」を串巻きして焙る〈くりから焼〉は沢山つくらず早い者勝ち。冬だけに出る〈にこごり〉はサメでつくる本格。

団体や騒ぐ客、女性だけの入店はお断り。女性は殿方にお連れいただけばよい。魚拓や能、詩作をよくした先代は、昔の建物で静かに酒を飲めるのをよろこんだ文人たちや、上野の寄席を終えた芸人と対等に言葉をかわした。

酒は家でも飲めるのに居酒屋に行くのは、居心地を味わうためだ。ここにはつつましくひっそりと独酌を楽しむ、戦前の東京が残っている。

みますや

神田「みますや」は創業明治三十八年。最初の建物は関東大震災で焼け、昭和三年に再建。東京大空襲の火災は近所総出のバケツリレーで食い止めた。つまり修復はあるものの九十年前の建物で酒が飲める。外観は震災後に流行した銅張り看板建築。小《こ》庇《びさし》つきの行灯看板、洗い出しの腰壁、長い縄のれんの堂々たる押し出しはおそらく、最初から居酒屋として開店して現存するもっとも古い東京の居酒屋だ。

広い店内は天井高く、黒光りする太い梁は昔の居酒屋の雄大さを見せ、一角に上がる祠はもちろん神田明神。せせこましいカウンターはなく、無造作に大机をいくつも置き、上がり座敷もどんどん客を入れ込んですべて相席。広い調理場の料理出し口前の帳場に主人が座って睨みをきかす。

壁にずらりと並ぶ黒札の品書きは、〈どぜう〉〈桜刺〉〈馬刺〉から〈ざるそば〉まで、いずれも東京の居酒屋の正統的な品ばかり。一番人気はスパッと包丁の入った大振りの〈こはだ酢〉。小鉢に辛子をぺたりと塗った〈ぬた〉もせっかちな江戸っ子好みだ。十年ほど前から全国の一級名酒がずらりと並ぶようになり、楽しみが一気に広がった。

趣味的に酒を飲むのではなく、仕事を終え、机の箸立てにぎっしり詰まる割箸を一本抜いて一杯ひっかけるのは大衆酒場の面目躍如。そこに大いなる価値がある。

古書店巡りを終えた中高年や、出版関係、大学の先生、さらに最近はこういう古い居酒屋好きの女性たちもぐんと増えて活気が店を満たす。遠い明治を偲ばせる貫録が最大の魅力だ。

シンスケ

「湯島天神下 正一合の店 シンスケ」は、創業大正十四年。緑の柳が映える黒格子、水の落ちる蹲踞《つくばい》には緑の万年青《おもと》、下がる酒林《さかばやし》（杉玉）。豆絞りの鉢巻きに縦じまハッピの主人が玄関まわりに打ち水して、長い縄暖簾を掛ければ開店だ。

白木のすっきりした店内は、野暮＝田舎風を嫌い、粋＝洗練を好む、江戸っ子＝東京人の美学で統一される。長い一本カウンター正面には杉樽が重ねられ、正一合の徳利が並んで布巾がかかる。名入り白徳利の青線上一本は樽酒、下一本は純米酒、無地は本醸造だ。酒は開店時から秋田「両関」のシンスケ別製。お燗番を務める三代目主人の応対は常に春風駘蕩《たいとう》、厨房にいた四代目も最近は客の相手をするようになった。肴は東京の居酒屋として最高に洗練され、〈ぬた〉〈岩石揚げ〉〈あじ酢〉、スイス大使館の客にチーズを教えられて考案した〈きつねラクレット〉あたりは評判の定番だ。客は近所の東大、藝大の先生から、早じまいの職人まで。話題は相撲と落語。常連は混んでくるとさっと帰り、翌日また来る。誰もがシンスケの気っ風を愛し、守り、自分もそこの客であることを自負する生粋の東京の居酒屋。

赤津加

電脳の街・秋葉原の奥に、黒塀に囲まれてこつ然と建つ、往年の料理屋の風格の木造総二階家が「赤津加《あかつか》」だ。外白壁には「大衆割烹」の鏝文字、看板「酒泉　赤津加」「菊正宗」の大きな一枚扁額《へんがく》。品書札を並べた庇《ひさし》つきの箱は、かつてこのあたりは花柳界だった粋な華やぎを残す。建物は昭和二十七年、お座敷の待合に造られたものので、玄関は表通りを避け、脇路地に隠れるように小さいのがその表われだ。

入ると中は艶っぽく、黒豆砂利洗い出しの床から、てらてらと艶を放つ太い天然丸柱がくねくねとコブを造ってねじれ立ち、コの字カウンターが少し傾いているのがご愛敬だ。上がる祠はもちろん神田明神。およそ八十枚も並ぶ漆の卸し名札は、かつてのやっちゃ場・神田青果市場の名残だ。

どことなく神田の侠気と粋を伝える店内にどっかと座り、袴《はかま》におさまる徳利で飲む燗酒の旨さ。酒は往時の東京人が高級とした「菊正宗」一本やり。名物の薄い味噌味の〈鶏もつ煮込小鍋〉や、東京居酒屋の定番〈まぐろぶつ〉〈ぬた〉〈卵焼き〉〈柳川〉〈銀杏〉がいい。一角に上がる御酉様大熊手は、毎年酉の市に熊手入りすると客は拍手で迎え、割箸に千円札をはさんで差し込む。「江戸っ子だってねェ」「神田の生まれよ」

その神田の侠気と花街の艶を残す、まさに東京の居酒屋遺産。

山利喜

創業大正十二年。初代・山田利喜造から店名がつけられた。昭和二十年三月の東京大空襲で丸焼けになり、戦後、二代目・要一が掘っ立て小屋から再開して〈煮込み〉を始めた。三代目・廣久はフランス料理を学び、五十年注ぎ足しの煮込みの汁にブーケガルニ（香草束）を入れるなどして、ほとんどの客が注文する不動の名物に完成させた。その味はやや苦味のきいた大人のエスプリ。特大鍋三つに毎朝十時から仕込み、注文ごとに信楽の素焼皿でもう一度火にかけ熱々の湯気を上げ、煮玉子入りで頼む人が多い。通は残った皿をガーリックトーストでさらう。もうひとつの名物〈焼トン〉は塩・たれを選べ、私はたれ派。

本館は半地下から二階まで三フロア、別館は一階大カウンターと二階。玄関の真っ赤な大提灯《ちょうちん》と、お賽銭（?）が置かれる大狸を店の目印に、開店を待たずして客がやってくる。

酒はワインも充実し、下町の親父たちをワイン好みにさせた。日本酒は新潟最良の名酒「鶴の友」が嬉しい。刺身、小鰭、あん胆、自家製干物など伝統的な居酒屋の酒肴に無理なく新しさを加えながら、あくまで下町居酒屋の気楽な居心地を守る姿勢が、客の行列となっている。

三州屋

花の銀座に雛にも稀な大衆居酒屋「三州屋」があるから嬉しい。場所は並木通り二丁目。高級な街に遠慮するように路地奥にそっと暖簾を下げるのがいい風情だ。午前十一時半に開店して何種類も昼定食を出し、そのまま夜十一時半まで休まない。

それゆえ昼過ぎは、これから仕事を始めるレストランや料理人、あるいはバーテンダーが腹ごしらえに来て、ついでにビールの一本も。また暇なリタイア中高年が日の高いうちからグループで一杯。壁を埋め尽くす品書きはありとあらゆる品があり、名物は〈鶏豆腐〉、冬の〈牡蠣フライ〉、通年ある〈鯵フライ〉は定食にもある人気の品。

カウンターも机も、厚い白木のさっぱりした店内は清潔で、二階には団体も入れる大座敷もある。二交代で働く店のおばさんは庶民的で愛想よくなんの気兼ねもいらない。よってもっての大人気ゆえ大机に相席は当たり前。それでいて、どこか銀座で飲んでいる気持ちの華やぎが嬉しい。

志婦《゛》や

浅草が今や外国人観光客に一番人気なのは、先端都市としての東京ではない、伝統的な庶民の息づく日本があるからだろう。であれば我々もそこの居酒屋で飲んでみたい。雷門右手、観音通りアーケードの「志婦《゛》や」は、「鶏貝魚」の白暖簾が下がり、その右は炭火焼の仕事場で煙出し窓から店内が覗け、庶民の町らしい開けっ広げがいい。

「いらっしゃい！」の掛け声よい若主人・渋谷さんとお母さん、昔から手伝うおばさんの店内は下町家族の風通しよく、何の気取りもいらない。長いカウンターと小上がりは居酒屋の理想の間取り。上に並ぶ、築地をはじめいくつもの「志婦やさん江」の特大仲卸名札の列が古い信用のあかしだ。

長いガラスケースには時季の刺身のすべてが揃い、私がいつもとるのは〈こはだ〉。冬の生牡蠣を山葵で食べる〈かきわさ〉も江戸っ子らしい食べ方。大豆を茹でて青海苔をまぶしただけの〈みそ豆〉は酒にたいへん重宝する。しばらく前から日本酒がたいへん充実したのも左党にはありがたい。家族的雰囲気、安く良心的な肴、数々の名酒。居酒屋に望むものがすべて揃った、東京を代表する名店。

＊

「伊勢藤」の武風の格、「鍵屋」の文人好み、「みますや」の庶民の活気、「シンスケ」の粋な洗練、「赤津加」の神田の侠気、「山利喜」の下町らしさ、「三州屋」の銀座の華やぎ、「志婦や」の家族的居心地。

まことに東京は魅力的な居酒屋都市と言えよう。

バーを愉しむ

初めて入るバーは客も、迎えるバーテンダーも緊張する。客の側は、カウンターバーか、接客女性のいるバーか、なじみ客ばかりのバーか、気難しいバーか、高級すぎて恥をかかないか、客筋の悪い店ではないだろうな、などと警戒する。いちばん心配は値段だ。二杯飲んで四〇〇〇円でおさまればいいが。第一、価格明記のメニューはあるだろうか。その不安をかかえて重いドアを押す。

初めて来た男一人客には店も緊張するだろう。身なりは普通でも中身まではわからない。バーというものを知っているだろうか。ビールは置いていないが大丈夫だろうか。勘定のときチャージでもめないだろうか。誰も知らないような酒を注文しないだろうか。面倒をおこす人ではないだろうな。

客は、勇気を出して入ったのだから早く店の様子を知って落ち着きたい。店は安心できる客であることを早く知りたい。

それには、注文して出たものを飲むことに尽きる。客は注文通りの酒が出てきたことに安心し、バーテンダーはつくったものをクレームなく飲んでくれたことに安心し、ようやく両者がひと息ついて落ち着く。世間話をするならその後だ。

そのために座ったらすぐ注文する。頼むものは入る前から決めておく。私の場合はジントニックだ。好きということもあるけれど、最初の一杯は無難なものにしてバーテンダーを安心させる。挨拶がわりだ。しかしジントニックは単純なだけにバーテンダーにいろんな流儀があって、それを見る楽しみもある。

つくっている間は黙って見ている。仕事中に声をかけると気が散るはずだ。ベテランならばジントニックくらいは会話しながらでもできるだろうが、慣れているものをあえて緊張してつくってもらう。それゆえ私は空いていればバーテンダーの真正面に座る。初めて来てそうする人はあまりいないだろうからバーテンダーは緊張する。緊張させるのがおいしいカクテルを飲むコツだ。じっと見られても平然といつも通りの仕事ができるのは、コンペティションの舞台で胆力がついている証拠だ。

「お待たせしました」

私は癖で必ずグラスを高く上げてしばし眺め、それから飲む。

ツイー……。

「おいしいですね」

「ありがとうございます」

初対面に緊張した男同士が、お互いを認め合った瞬間だ。だから酒はいい。そうしてバーの時間が始まる。

＊

バーはメニューを置いていないところが多い。メニューを置くと店の格が下がると思っているのかもしれない。飲食店でメニューのないところはほかにあるだろうか。

バーに入ってみたいけれど注文の仕方がわからない、という人はとても多い。「好みを言ってくだされればおつくりします」と言うバーテンダーもいるけれど、その「好み」がわからないのだから、結局「すっきりした、あまり強くないもの」などと大まかな注文になる。おそらくウオッカにジュースとソーダを混ぜて出すだろう。また「ベースは何にしますか？」と聞かれるが、普通の人はそんなことは考えたことがない。ジンか、ウオッカか、ラムか、ウイスキーか。そのベースからどんなカクテルができるか想像のつく人はバー通だ。

女性客から「遊び感覚で」「何か私のイメージでつくって」などと持ちかけられるかもしれないが、まともなプロならばそんなことを言われても困るだけだ。つくったはよいが「私のイメージとちがう」と言われたらどうするのだろうか。

また男は質問ができないので知っているものしか頼めず、結局「いつもの」マティーニかハイボール。通ぶってウイスキー・マッカラムかシングルモルト・ラフロイグあたりになる。せっかくバーに夢を持って入ったのに、いつも同じものしか飲まない。ああ、やっぱりバーって難しいな、となる。

これすべて注文の基準となるメニューがないからだ。「そういう会話を楽しみましょう」などと言うが、五つも六つもカクテルの説明を聞いていられるだろうか。男は面倒くさくなって「何でもいい、ウイスキーでいいや」がオチだ。

そのため私は代表的なスタンダードカクテル、マンハッタン、ホワイトレディ、マルガリータ、ジャックローズ、ダイキリなど十種の名前とベースレシピのメモ、つまりアンチョコを財布にはさみ、入店前、あるいはカウンター席でちらりと見て、いかにも知っているようにすまして注文していた。それでもいまだに、日本バーテンダー協会編著『ザ・カクテルブック　カラー版NBAオフィシャル・カクテルブック』（柴田書店）の「ブランデー・スマッシュ」や「シャムロック」「エンジェル・フェイス」はとてもおいしそうでぜひ飲んでみたいが、バーで思い出せない。

写真入りメニューを用意するバーもあるが、素人のデジカメ写真にワープロのおよそ貧相なデザインで夢がしぼんでしまう。メニューは難しくもあるのだ。私は前述の

『ザ・カクテルブック』を常備して客に見せるのがよいと思う。もちろん注文に対応できる酒揃えと技術が必要になるが、とても珍品ならば「それは○○がなくて、できないんです」と正直に言ってよいと思う。そこからまた「似たもので」と奨める基準ができてゆくだろう。

バーテンダーも毎度ジントニックにマティーニばかりではつまらないと思う。と言って妙な「オリジナルカクテル」も願い下げだ。洋酒やカクテルはさまざまな種類ときちんとしたレシピがあり、思いつきのおもちゃのように扱ってほしくない。先人が苦心してつくったカクテルをもっと尊重して、多くの人に味わってもらい、バーの楽しさを広げるべきではないだろうか。

＊

バーは結局のところ、雰囲気を愉しむ場所と思う。もちろんバーテンダーの旨いカクテルを飲みに入るが、毎度まいど緊張して味わうわけでもない。一杯ふくんで「ああ、旨い」となれば後は居心地だ。

そこで大切になるのは店の美学だ。内装、家具はもちろん、照明、小道具、教養、趣味、遊びごころが表われる。趣味は出すぎると嫌みだが、本棚にさりげなく立てたカクテルブックの脇にミステリ、時代小説などが見えるとほほえましい気持ちになり、そんな話をしてみたくなる。私のバーの本があるとなお嬉しい（笑）。

バブリーなころに前衛インテリアデザイナーや空間プロデューサーが設計したモダンなバーは、硬い御影石カウンターにグラスを置くのにも気をつかい、禁欲的に何もない空間は寒々しく、結局今は消えた。酒瓶をいっさい見せないバーもあったが、瓶を見て次の注文を思案する愉しみはなかった。

今はちがう。リラックスできる居心地、好ましい趣味性、どちらかといえば昔のオーソドックスタイプが主流だ。スタンディングカウンターもクラシック回帰の表われで、バーで「大切なもの」が「人間の温もり」になったのだろう。

好きなのは洋酒会社のノベルティだ。灰皿、トレイ、ピッチャーから始まり、おなじみホワイトホースの陶器白馬像、ロンドン衛兵ビーフィーター、ミスター・ジョニー・ウォーカー、レミーマルタンの槍を構える半人半馬像などなど。このコレクションは、東は横浜「スリー・マティーニ」、西は大阪「吉田バー」が双璧だ。長年洋酒メーカーがつくってきたノベルティを一冊の本にまとめるのが私の夢で、いくつかの出版社に企画書を出したが反応がないのは淋しい。

これらのノベルティは大人の男の遊びごころ、センスの表われで、いわゆるグッドデザインとは別の、「酒」を飲むことを愉しむ精神が生み出した美学だ。前衛デザイナーがつくったバーは自分の美学が優先し、酒を愉しむ場所であることが後まわしになっていたような気がする。

日本中のバーをまわったが、昔のバー美学がもっとも日常的に残っているのは大阪だ。「吉田バー」をはじめ、近くの「ウイスキー」「堂島サンボア」「北サンボア」「中之島サンボア」、法善寺横丁の「路」など、いずれもこれぞバーの風格を持つ。地方都市にも多く、長崎の「ランプライター」、高知の「フランソワ」、沼津「フランク」「ビクトリー」「梅邑」など、あげればきりがない。

そんな古い美学を残したバーが東京にあまりないのは残念だ。とかく流行に敏感な街のためか。そういう意味でバー好きに東京はつまらない街だ。

銀座のバーで飲む

銀座酒場の始まりは、明治四十四年に相次いで開店した「プランタン」「ライオン」としてよいだろう。着物に白エプロンの美人女給のカフェは名物となる。関東大震災翌年の大正十三年に開店した「タイガー」は、それまでは運ぶだけだった女給も同席。都会新風俗は菊池寛ら文士が常連となり、それを材に広津和郎は『女給』、永井荷風は『つゆのあとさき』を書いた。

ライオンは大日本麦酒のビアホールとなり、今も残る「ビヤホールライオン銀座七丁目店」の一階ホールは完成昭和九年。菅原栄蔵設計によるアールデコ様式の傑作で、収穫を描いた正面のモザイクタイルはすばらしい。大日本麦酒のPR映画『泡立つ青春』（監督：マキノ正博）は完成時のここで撮影され、その店内は今と変わらない。昭和十一年の『朧夜の女』（監督：五所平之助）には銀座のカフェが登場し、料理差出し口のハイカウンターにたむろする女給たちや、ボックス席でのやりとりがよく映っている。

敗戦後占領期の銀座は米兵が闊歩してアメリカ文化をもたらした。昭和三十年代、経済が回復してくるとバーやクラブの全盛期となり、白洲次郎、川端康成、大佛次郎、小津安二郎、川口松太郎らの大物が、目当てのマダムの店に通うようになり「銀座のバー」はあこがれとなった。上客の第一は文化人。ついで芸能人や大物スポーツ選手。政治家や財界人はその下。成り上がり社長などは小さくなっていた。とりわけ歓迎されたのは作家で、有名文士の来る「文壇バー」は店のステイタスになり、吉行淳之介はホステスへのおさわり術「腿膝三年、尻八年」の名台詞を残した。

＊

銀座のバーは映画の格好の舞台になった。銀座がもっとも似合う男優はダンディな三橋達也と森雅之。マダムを囲む常連客に中村伸郎がいれば育ちのよい役員、清水将夫は才のきく腹黒重役、小沢栄太郎は小悪党。一方、そんな虚栄のボックス席をカウンターから冷ややかに見つめる若い男が私の気に入りで、『女が階段を上る時』（昭和三十五年／監督：成瀬巳喜男／出演者に森雅之）で、高級バーの雇われマダムなどやめたいと思っている高峰秀子をじっと見つめる仲代達矢はよかった。

実際に銀座の人気を二分したクラブ「エスポワール」のマダム川辺るみ子と、関西から進出した「おそめ」の上羽秀をモデルにした『夜の蝶』（昭和三十二年／監督：吉村公三郎）は、銀座のクラブを描いた映画の代表作。京マチ子、山本富士子という最高の配役で〝夜の蝶〟は銀座ホステスの代名詞となった。

文人と銀座は縁が深く多くの物語を生んだ。文人と交流深い骨董鑑定家・青山二郎が出資したバー「ウィンゾア」にいた坂本睦子は、坂口安吾と中原中也に争われて坂口の愛人となり、小林秀雄の求婚をいったん了承したが、破棄してオリンピック選手と駆け落ち。戦後銀座のバーに復帰すると河上徹太郎の愛人を長く続け、小林がフランス語を教えた大岡昇平とも八年近く愛人関係を持ち、ある日、睡眠薬自殺した。大岡はこれをモデルに小説『花影』を書いたが、河上の批評は歯切れ悪く、また〝知人〟らも「本当の坂本睦子が書けていない」と言ったというのが嫉妬めいて笑える。

これを映画化したのが、銀座を描いては右に出るもののない監督・川島雄三だ。『花影』（昭和三十六年／出演者に三橋達也）主演の池内淳子はやや疲れたマダム役を巧みに演じた。

銀座の夜はまことに華やかな社交場となったが、一方誰でも気安く入れるパブリック・バーもできはじめ、その代表「ブリック」（昭和二十六年開店／現ビルは昭和三十三年）を当時のサントリー社長・鳥井信治郎が「（輸入高級酒ばかりの）銀座でトリスを出してくれるバーがある」と訪ね、一大ブームとなるトリスハイボール「トリハイ」が生まれた。それを宣伝することになる開高健や山口瞳もよく訪れたという。

＊

昭和四十三年、銀座の資生堂にデザイナー入社した私は、しだいに銀座の華やかさを肌に感じていった。宣伝部のある七丁目は夜の銀座の中心地。かつて坂本睦子もいたバー「ブーケ」はデザイン室から見下ろした真下で、山荘風の趣きある建物だった。

バブル景気のまっただ中、夜十時ころになると通りは黒ハイヤーで埋まり、着物や深い腰スリットの美女ホステスが一団となってお見送りだ。もちろん安サラリーマンのこちらに縁はないが、銀座は我々でも行ける古いバーや居酒屋もたくさんあり、飲むにはまったく不自由はなく、一流の場所で居心地よい安酒場を探す技はここで身についたか（笑）。

そんな銀座もバブル景気がはじけると様変わりしてきた。ママの魅力ではなく、かつては雇われだったバーテンダーが自らオーナーとなってカクテルの技術を売りにするバーだ。それまでも酒だけを愉しみたい客のためのバーはひっそりとあったが、それを前面にした嚆矢《こうし》が、銀座資生堂のフレンチレストラン「ロオジエ」のバーを成功させた上田和男さんが平成九年に開いた「テンダー」だろう。スタンダードカクテルを徹底的に見直し、独自の「ハードシェイク」を開発。今やニューヨークで指導にあたり、上田和男著『カクテルテクニック』は世界中で翻訳出版されている。

銀座の古いバーでは、開店昭和四年、谷崎潤一郎命名の「サンスーシー」は二、三度入ったがとうに閉店した。開店昭和二年、銀座最古にしてもっとも格調高い「ボルドー」はなじみになっていたけれど、平成二十八年末、惜しまれて歴史を閉じた。しかし昭和三年開店の「ルパン」は今も同じ場所に健在。素っ気ない扉を開けて地下に降りた、くすみを帯びたカウンターの、戦後すぐに新進作家・太宰治が写真を撮られた席は人気だ。老練バーテンダー・開幾夫さんのモスコミュールも変わらない。

平成十二年、夜の中心地六〜七丁目から離れた二丁目並木通りに開店した「スタア・バー」のオーナー・岸久さんは、バーテンダー技能世界大会優勝者にしてNBA（日本バーテンダー協会）会長を務め、平成二十八年、二十年ぶりに帝国ホテルで開かれたIBA（世界バーテンダー協会）世界大会を総責任者として成功させ、優勝者も日本から出た。

銀座で飲むとき政治や議論など生ぐさい話題は似合わない。美や文化を語り、ゆっくりグラスを傾けてこその銀座の酒場だ。

2

酒を味わう

日本酒の四季

世界中に、その国を代表する酒「国酒」がある。多くは国の主な農産物（麦、ぶどうなど）を原料とし、日本の国酒は米でつくる日本酒だ。日本で開かれた先進国サミットは日本酒で乾杯された。

世界中に日本酒ほど多様な飲み方をする酒はない。

まず味ののる過程を楽しむ。日本酒は米の収穫を終えると、冬の寒さを利用した寒仕込みに入り、正月過ぎころから新酒が出る。その初搾りが「あらばしり」で、出来立てのフレッシュな、まだ荒い力強さを楽しむ。白濁した「にごり酒」は酸味が高く女性には特に好まれ、この生酒は「活性にごり」として瓶内醗酵でシャンパンのようにスパークリングし、たいへん華やかでおいしい。酵母が生きたままの「生酒」はフレッシュなしなやかさが魅力だ。軽い搾りの「うすにごり」は通によろこばれる。

その酒を寝かして夏を越えると、味が落ち着いた「ひやおろし」になり、秋冷を感じるころになると「秋あがり」として熟成した飲みごろになる。その熟成を二年、五年と重ねた長期熟成酒「古酒」はビンテージを重ねたワインのように重厚馥郁《ふくいく》たる旨みと香気をおびてくる。同じ年度の仕込みをこれほど多様に楽しむ酒はない。

それを時間という縦軸とすれば、温度を変えて飲む「冷や、常温、お燗」は横軸と言えようか。冷蔵庫のなかった昔は冷蔵して飲む「冷酒」はなく、日本酒は温めたお燗で飲むもので、そうしないときは「冷や（常温）でいい」（お燗が本式だが略式で）と補足するものだった。吟醸酒のような高級酒が出回るようになってから、良い酒は冷やで飲むものという誤解が生じたが、日本酒はお燗してこそ持てる旨みのすべてを発揮する。吟醸ぬる燗のかぐわしい香気は思わず頬をゆるませ、また生酒の燗は独特の香ばしさがたまらない。

しかし冷蔵庫の普及により「冷酒」という味わい方が生まれたのも事実だ。暑い夏は「冷たい」ことがおいしい。この場合は燗酒の「ちびり」とちがい、ある程度「がぶり」と飲みたいので、最近増えたアルコール度数の高い「原酒」をオンザロックにして、ゆるゆると氷が溶けてゆく過程の味の変化を楽しむ。またソーダで割る日本酒ハイボールは炭酸の刺激が暑気払いに最適だ。最近、夏向けに出す、冷やして飲むのを前提としたアルコール度数の低い（十二度とか）「夏吟醸」が人気になっている。

そして「常温」。気温と同じ温度で飲む常温はしみじみと気持ちの落ち着きを覚え、これには燗酒の盃でもなく、冷酒のグラスでもなく、茶碗酒がもっともふさわしい。夏のひやおろしの常温は格別で、常温がもっと普及してよいと思う。

このように日本酒を縦横に味わうのは、日本人の繊細な感性と遊びごころ、そして四季の移ろいからだろう。気温変化だけでなく、春先の蛤や青柳、ふきのとうやワラビ。夏の筍、初カツオ、鮎、枝豆。秋のサンマやキノコなど海山の収穫。そして冬の銀杏、牡蠣、海鼠《なまこ》。四季折々に変わる旬の刺身など日本ほど四季の味に変化のある国はなく、その幸を春先のお燗、初夏の常温、夏の冷酒、秋の「燗上がり」（お燗で酒が旨くなること）、冬の熱燗と飲み方を変えて味わう。このような味覚に対する繊細な感性が、日本酒の多様な飲み方を生んだと言えよう。

縦軸、横軸にもう一つ加えて「奥軸」とも言うべきは日本中にある各酒蔵の酒の個性だ。冷温技術や流通により、風土の特徴よりもつくり手である蔵元や杜氏による個性の差が表に立つようになった。「何地方」の酒に、「誰がつくった酒」の要素が加わり、いま日本酒は、歴史上もっとも豊かな黄金時代となっている。世界の酒でも、最近酒質が進歩したという話はあまり聞かず、その意味でも誇れることだ。

太田流、冷酒お点前

冷酒は日本酒の歴史の中でもごく最近のものゆえ、まだ基本の飲み方が確立されていないのが現状だ。たとえば酒器は、燗酒は盃、常温は茶碗やそば猪口、木升ならばベスト。しかし冷酒には定まったものはない。清涼感から言えばガラスで、最近ワイングラスで日本酒冷酒を飲ますところが増えたが、私は他の酒のためのグラスで日本酒を飲むのを潔しとしない。口の狭いワイングラスは香りが立つが、日本酒の香りはこもらせると重く感じ、開放するほうが軽く華やかになる。果物と米のちがいかもしれない。

ウイスキーなどのオールドファッションドグラスに氷を浮かべて、は論外。アルコール度四十度のウイスキーはゆるゆる氷が溶けてゆく味の変化を楽しむが、日本酒は水っぽくなるだけ。ワインに氷を浮かべないのと同じだ。

日本には切子グラスという良いものがある、は本当だが、色がついているため酒の色を鑑賞できない。料亭などで出すビールのひとログラスは竹や芒《すすき》などがカットされて風流だが、いささかお座敷的すぎる。

というわけで冷酒の飲み方を研究した結果、私は結論を出した。順を追って説明しよう。

常温酒を用意し、空気を含ませて軽くするため一升瓶をがっぽがっぽと揺する。これは燗でも同じ。

次に片口をふたつ用意し、ひとつには酒を入れ、もうひとつには氷を盛る。その片口の酒を氷の片口にそっと流し入れ、持ちかえて氷の片口から茶碗または盃に注ぐ。氷をくぐった酒は瞬間的に冷え、冷蔵庫保存のように冷えすぎなく、またかすかに氷の溶けた水分が加わり喉ごしがよくなり、注いでしまえばそれ以上変化してゆくことはない。ポイントは氷の片口に酒を残さず注ぎきること。冷蔵庫保存したままの酒は味が硬く表情のない一本調子だが、こうして動かすことで味が姿を現わす。

器は好みだが、酒の片口はなめらかな漆塗り、氷の片口はごつごつした素焼きがいい。飲むのは大振りの盃、あるいは茶碗。燗酒は薄い磁器に限るが、冷酒は肌の粗い焼物陶器が合うのは、山陰の岩を流れる清流を想像させるからだ。氷は家庭冷蔵庫の軟弱はダメで、硬く熔けにくいブロックアイスを使う。酒を変えたら氷も新しくする。肴は厚切りのカラスミなどいいですな。

酒の片口に青紅葉を一枚浮かべると風流になる。氷の片口に注ぐときは最後に「の」の字に回して持ち上げるのが作法。夏の午後、縁側にあぐらをかき、庭を見ながらこれをやる。これが太田流「冷酒お点前」、家元は私（オホン）。

ここまでやらなくても、居酒屋では氷だけのグラスをもらい、そこに酒を流し込んで、すぐに注ぎ替えればよい。氷をくぐらせた酒は、冷たく清らかな品が出る。どうぞお試しを。

盃を手に思うこと

静かを味わう

夜十時ごろ、仕事を終えて家に帰り、風呂を浴び、寝間着に着替えて晩酌をする。つまみは冷蔵庫にあるあり合わせでよい。指でつまめるじゃこかラッキョウは重宝だ。テレビも新聞も本も音楽もいらない。黙って酒に専念する。そのうち何も考えない無の境地になる。

「酒は百薬の長」としみじみ思うのはこのときだ。ストレスは「ま、いいか、酒を飲んだ頭で何か考えても始まらん」になる。頭を空っぽにしてくれるのは酒の大いなる効用だ。

大切なのは一人であることだ。その時間であれば家の中は物音ひとつしない。「静かを味わう」「無心になる」のは心を清浄にする。花瓶の花をいつまでもぼんやり見ていることもある。そのときお茶というわけにはいかない。一杯のお茶を置いていつまでも起きていたら家人は怪しむだろう。また、酒好きは酒さえ置いておけばよいのだから楽だ。

私の好きなのは日本酒か焼酎。一人、茶碗酒を傾けていると「美食と美酒のマリアージュ」などというぜいたく趣味はまったくばかげて思えてくる。人はパンのみにて生きるにあらず。「精神」というもっとも大切なものの疲れをとるのが酒だ。放心して一時間余り。終わった茶碗を台所に下げたら後は寝るだけ。こんどは体の疲れをとる。また明日がんばろう。

達観の酒

六十歳を超えて酒は焼酎が増えた。お湯割りの一杯はしみじみと心を落ち着かせ、無欲の心境になる。焼酎のよいところはタクアンの尻尾とか、じゃことか、簡単な肴が合うことで、美食珍肴とは無縁だ。ビールは青春の酒で二十代が似合う。ワインは恋愛の酒で三十代。ウイスキーは男同士がふさわしい四十代。日本酒は人の情がわかってきた五十代の酒か。

その伝《でん》でゆくと焼酎は、年齢六十代「達観の酒」と言いたい。社会のいろいろを経験して得た人生観が、あまり強い主張をせず懐深くゆったり引き受けるような焼酎に合う。

ながく生きてきて、ものごとが見えてきた。社会的地位が高い低いなどという価値観はとうに消えた。そういうことにこだわる人はつまらん人だとわかってきた。立身出世をはたした、経済的に成功した、それがどうした。頭がいいとか、リーダーシップがあるとかも、どうでもよいことになった。人生の価値観が変わったのだ。

残ったのは欲得抜きの達観だ。酒とのつき合い方も変わってきた。いつまでも贅沢な美酒趣味でもあるまい。焼酎もいろいろ銘柄があるが、あまり大差なく感じるのは、焼酎に名酒意識は似合わないゆえか。何を飲んでも旨い。これは酒の境地の到達かもしれない。

さしつさされつ

冬の夜長、お燗酒をさしつさされつ、お酌し合いながら飲むのはよいものだ。お酌は相手への気持ちの表われだ。心に思う女性からお酌された嬉しさ。尊敬する上司から「まあ、一杯どうだ」と酌されたよろこび。お酌はその人だけへの好意で、それが嬉しい。

夫婦喧嘩中も黙ってお酌すれば、それは和解へのサインだ。また男同士難しい話になったとき、黙って酌し合いながら考えを練り、おもむろに「それはだな」と切り出す。そうでなくても会話が途切れたとき一杯注ぐのは、間を持たせるのに役に立つ。それぞれ手酌では気持ちが通じない。

外国にこういう習慣は少ないようだ。互いに自分の酒だけを手元に置いて相対しているのは、味気ないと思うのだが。

一人酒も、徳利から一杯注ぎ、それを置いて盃に持ち替え、口に運ぶのが、酒を飲むよいリズムになり、目の前にグラスを置いて腕組みしている手持ちぶさたをなくす。ウイスキーやワインは直接ボトルから注ぐが、これもなんだか乱暴だ。日本酒には「注いで、受ける」ための専用酒器があり、それはコミュニケーションの道具となった。

年の暮れ、故郷の両親のもとに帰り、老いた父に一杯注ぎ、また注がれて飲むのはよいものだった。また母が黙って父にお酌する光景をうるわしく見た。

酒品

東京・自由が丘の居酒屋「金田《かねだ》」は、川崎汽船外国航路の司厨《しちゅう》をしていた金田直が、大人の酒場をめざして昭和十一年に開店した。生来の頑固で酒の燗具合や安い肴の味にこだわり、一方「酒は自分のペースで飲む」を信条として客の泥酔や口論を嫌い、いつしか「金田酒学校」と言われるようになった。気骨のある居酒屋は、山口瞳、伊丹十三、吉行淳之介らが常連になってゆく。

一階のコの字二連カウンターは二人連れまで。三人以上は二階へ通されるのは、カウンターにグループが並ぶと声が大きくなるからだ。

酒は中堅どころが三種、およそ百以上もある肴はいずれも吟味された見事なもので、一時間もすると日替わりの人気品は次々に品切れになってゆく。

山の手の住宅地らしく客はみな上品で、知り合いに会っても目礼くらいで席は立たない。近所にお住まいらしい夫婦客にまじり、父と妙齢の娘という小津映画に出てくるような客が静かに盃を傾けている。

ここほど自らの「酒品」を意識する居酒屋はない。壁の小さなプレート「祝三十年金田酒学校　生徒一同」は「五十年」「七十年」とプレートが続く。私も生徒の一人。「九十年」に加わるのはもう無理だろうが、店は続くことだろう。

燗酒は磁器平盃で

日本酒は世界でも珍しく「温めて・常温で・冷やして」の三種の飲み方があり酒器も替える。温めるお燗は徳利の酒を湯煎で温め、盃で飲む。盃が小さいのはふた口くらいで飲めて酒を冷まさないためだ。温かいのをそのつど注ぐのが燗酒のだいご味で、徳利の口が細いのは、注ぎやすさもあるが、保温のためでもある。

盃は陶器よりも磁器が断然よい。土ものの陶器は酒の味を曇らせるが、磁器は酒にすっきりしたキレを生む。形は口の広い平盃がベスト。ポイントは唇を当てる「受け口」のあることで、日本酒は舌だけでなく唇でも味わう。平盃は指を少し傾けるだけでスイと入り、飲む姿がきれいだが、受け口のない筒型のぐい飲みは飲み干すときにのけぞる姿勢になり、女性だと見場が悪いうえに、どっと流れ込んでくる。

また燗酒は香りを立てるためでもあり、平盃は香りがひろがり華やかになる。陶器のぐい飲みで冷えた酒をちびちびやるのは貧乏くさい。専門家が利き酒に使う猪口はもちろん磁器。また酒蔵が提供するのは決まって磁器平盃で、これが酒をいちばん旨く飲ませるからだ。白地の磁器に無色透明な日本酒は存在感がないため、これも世界の酒器には珍しく、外側のみならず内側にも絵柄を描く。満たした酒に沈む絵を愛で、ゆっくり盃を傾けるのは、ゆかしい文化と言える。

木升で飲む

気温と同じ温度である常温の酒は、しみじみと心が落ち着く。今は常温の旨い季節だ。そのときは小さな盃よりも茶碗がいい。そば猪口もよく合う。裃《かみしも》を脱いで、どかりとあぐらかき、なみなみと注いだ茶碗酒をじっくり味わうのは男冥利。その味の良さは「平明」にある。

しかし、常温の酒にもっとも合うのは木の升だ。木の香りが日本酒をぐんと旨くする即席の樽酒でもある。伊勢神宮を見るごとく、日本は木の国の文化。キリリと青竹タガで締めた白木杉樽の薦被《こもかぶ》りは日本酒の象徴だ。大きな神社に奉納酒樽はつきものだ。地鎮祭の乾杯や固めの盃は、宴会酒とはちがう常温ゆえ、木升でおこなう。大きな祝い事の杉樽鏡割りは、山型に重ねた木升を手にとる。その升をいただいて帰り、自宅で使う。飲んだ翌朝は天日干しだ。女性は、外が黒、中が朱の漆塗り升に浴衣なら風情もある。

なぜ計量器の升で酒を飲むのかというと、流通瓶のない昔は、酒を買うには容器持参か、通い徳利を借りた量り売りで、その場で飲みたいときは量った升で飲む。時代劇映画で酒飲み浪人が酒屋に入り「おやじ、五合でくれ」と注文して大升を飲み干す場面があった。

そのうち「塩はないか」と注文が出て、田楽や煮しめなどを用意した煮売り屋になり、これが居酒屋の始めになったと言われる。

酒器を愛でる

日本酒の楽しみのひとつは酒器だ。白無地盃も良いが、絵が入ると楽しくなる。染め付けで多いのは山水画で、盃の中を湖や内海に見立てて外側を一周する風景は、酒を満たして世界が完成し、壺中天《こちゆうてん》（壺の中に世界、仙境がある）という言葉がまことにふさわしい。

京都先斗町《ぽんとちよう》の居酒屋に置いている私専用の盃は、浅い平盃の底に大ぶりの鯉が二尾描かれ、酒を注ぐと泳ぎはじめるようだ。縁起物でもある盃の定番絵柄は、鶴亀、旭日、松竹梅、七福神、宝船、翁媼《おきなおうな》あたりか。豪華なのは九谷焼で、平安貴族の絵に細密な筆字で和歌が筆写される。

盃コレクションは今やコンテナにいっぱいになったが、地方の古道具屋の軒先ではこりをかぶっていた三〇〇円、四〇〇円のものばかりだ。素封家や料理屋の蔵から二束三文で運んだものだろうけれど、その盃で多くの人が酒を酌み、今はひっそりと道具屋の軒先で投げ売りされていると思うと手に取らずにはいられない。新品よりも、洗ってきれいにした古盃の一杯は、命をよみがえらせたように確実に酒を旨くする。

世界最小と思われる酒盃に精緻に世界を表現するのは日本の美学の結晶だ。酒盃に詩文を書くのは日本酒だけだろう。ワイングラスの形は必然性によると思うが、それ自体はみな無表情で、酒器を愛でる風流や芸術性はないのがつまらない。

清澄芳醇

日本酒は進化している。二十数年前の新潟酒を発端とした地酒ブームは、それまでの糖類や醸造用アルコールを添加した大手の酒と一線を画した「淡麗辛口」で、日本酒の流れを変えた。それもいつしか「淡麗無口」と悪口を言われて飽きられ、逆の「濃醇旨口」が台頭する。そして今はフレッシュな生酒タイプの吟醸が女性を中心に大きな主流になった。

造りとしては本格志向の「純米酒」が主流となり、また最高級をめざす「大吟醸」が蔵のステータスになった。そのため米の雑味のない芯白だけを求めて、それ以上磨いたら米がなくなってしまう精米歩合三十五パーセントまでにもなった。その味はフルーティーで豪華だ。

しかし逆に精米しすぎない、どころか八十五〜九十パーセントとほとんど精米しない手法が現れた。普通の食米でも八十八パーセントくらいは精米するから、この数字は日本酒造りの常識からはずれている。また絶対の褒《ほ》め言葉であった「フルーティー香」は過剰なものは好まれなくなった。

そうしてできた酒、例えば秋田の「新政」は、米くさくて重いと思いきや、澄みきった透明感と上品な吟醸香でかつてない日本酒になっていて私を感動させた。あえてヘタな言葉をつくれば「清澄芳醇」か。

世界の酒でダイナミックに進歩を続けているのは日本酒だけではないだろうか。

とりあえず煮込み

居酒屋には居酒屋にしかない料理がある。たとえばまぐろ赤身と納豆をあえた〈まぐろ納豆〉は下品だが旨い。これが熊本にゆくと馬刺しの〈桜納豆〉になり、より精がつく。居酒屋品書きの最後あたりにひっそりとある〈オニオンスライス〉通称〈オニスラ〉は、玉葱スライスに削り節をかけただけのものだが愛好者が多く、これと桜納豆ならば栄養的にも良いのではないか。

居酒屋料理の代表が〈もつ煮込み〉だ。もつ（内臓）は新鮮第一のうえ、煮こぼしてアクを取るなどの下ごしらえが大変で素人にはとてもできない料理だ。こればかりは既製品を買ってくるわけにはゆかず、各店で明瞭な個性が出る。

「東京三大煮込み」はこれだ。

・森下「山利喜」　フランス料理を学んだ三代目によるブーケガルニ（香草束）などを入れた煮込みを熱々の小さな土鍋で出し、最後にガーリックトーストでさらう人が多い。

・千住「大はし」　明治に牛鍋で創業した店らしく牛肉を使う上等な「牛煮込み」。豆腐の入る「肉豆腐」は何皿もとる人がいる。味は濃いめ。

・月島「岸田屋」　いろんな部位が入るもっとも正統的な「煮込み」。味は案外あっさりめで、部位の違いを楽しめる。

どの店も何十年も使い続けている専用大鍋が宝だ。初めての店で「とりあえず煮込み」は、店を知る手っ取り早い方法だ。逆に「煮込みの旨い店」は必ず繁盛している。

温奴

肌寒くなってくると燗酒で湯豆腐が恋しくなる。居酒屋の湯豆腐は鍋料理ではなく、一丁をそのまま温めた「温奴」だ。私は「日本三大居酒屋湯豆腐」を選定した。

・盛岡「とらや」温めた豆腐一丁の上面に一味唐辛子を振り、カツオ削り節と刻み葱と海苔を山盛りにして出す。これにしょうゆをまわして崩してゆく。開店五十年を過ぎた店の常連は、座るなりただひと言「豆腐」と注文する。

・横須賀「銀次」特大アルマイト鍋の鱈と昆布の出汁に温めてある豆腐を上げて、辛子をぺたりと塗り、削り節と刻み葱。カツオ節はそのつど削り器でかき、使う削り器は昭和二十九年にこの店を普請した、今の女将さんの義父が使っていた本鉋を裏返して使っている。

・伊勢「一月家」通称「げつや」は開店大正三年の古い店。豆腐は注文を受けてから湯に沈め、浮き上がってきたところで上げて、削り節と葱を山盛りして伊勢うどんの甘辛いたれをのばしてかけまわす。そこに好みで一味をぱらり。

共通するのは一丁そのままを削り節と葱で出すこと、どこも歴史の古い店で、客のほとんどが注文する名物になっていること。

豆腐こそ日本酒の永遠の肴。夏は冷奴、冬は温奴。今夜、居酒屋風湯豆腐で一杯いかが。

（「とらや」は閉店しました）

日本一の居酒屋

名古屋・広小路伏見の大きな交差点角の居酒屋「大甚《だいじん》本店」に、開店を待って人が集まってくる。四時開店。入った客はまず、大机に並ぶ小鉢の肴から好みを自分で取る。およそ五十種もの肴小鉢がずらりと並ぶ机は壮観で、出来立ての煮物は湯気を上げて追加され、なくなった肴は大皿からどんどん取り分けられる。奥のガラスケースは鮮魚が並び、指さして刺身・焼き・煮る・天ぷらと調理を言えば、やがて出来上がって届く。

玄関すぐの燗つけ場がすばらしい。日本酒の王者、青竹タガがきりりと締まる四斗樽を机にでんと据え、常時七十本余りの徳利に小分けし、大羽釜の湯で燗をつける。隣の大鍋には常に盃が温まる。土間の大竈《かまど》こそ日本の台所の原点。まるで村祭りのように大勢でぐいぐい飲む豊かさがこの店の真骨頂だ。而《しか》してその燗酒の旨さは比類なく、また古典的な徳利の格調も。

店は一階二階と大きく、カウンターで主人相手にではなく、他人同士がひとつ机で一緒に飲む。自分の肴を自分で選び、誰に気兼ねすることなく、しかし同じ机を囲んで一杯やるのは居酒屋の理想の姿。勘定は、眼鏡の主人が残った皿と徳利を見て、しゃっと算盤《そろばん》を入れる。

創業明治四十年。すべての居酒屋の模範がここにある日本一の居酒屋。

3

旅に出る

一人旅

しばしば一人旅に出る。「禁煙、窓側、一枚」がチケットを買うときのお約束だ。車中で何をするか。読書か、仕事の下調べか、睡眠か。私は何もしないでぼうっとする。新幹線の見慣れた風景、家並み、看板、今日は富士がよく見える。静岡か、最近旨い蒲鉾《かまぼこ》食べてないな。浜名湖か、鰻で一杯もいいな。

一人旅の目的は居酒屋で一杯やること。「古い店」がポイントで、ながく続いているのは風土に根ざした無理のない商売を良心的に続けているからだ。そういう居酒屋は町の人々になくてはならない存在になり、店が二代目、三代目なら客もまた同じ。毎日のように自分の席に座り、まいど同じ肴で一杯やる。

その「同じ肴」が旨い。盛岡で四十年以上になる居酒屋「とらや」で誰もが注文するのが「豆腐」。大きな豆腐一丁に一味唐辛子を振り、削り節、葱、海苔を盛大にかけたもので、夏は冷たい豆腐、秋からは温かくなる。これを崩しながらの一杯は「今日も無事に終わった」安らぎをつくる。町の人が毎日食べている肴でやる一杯が、その町の人間になった気持ちにさせる。サマセット・モームは「その町を知るには市場に行け」と言ったが、私流は「古い居酒屋に行け」だ。ちなみに盛岡は豆腐の消費量が日本一と聞いた。

しかしせっかく旅に出たのだからその地にしかない名物を味わいたいのも人情だ。秋田の居酒屋「酒盃」の〈貝焼〉は大きなホタテの貝殻で「塩鯨と茄子」「白魚と蓴《じゅん》菜《さい》」「はたはたと芹《せり》」などの組み合わせを小鍋立てにする。ふつふつ煮えてきても浅い貝殻からこぼれそうでこぼれないのが妙味。出汁は「しょっつる」だ。

〈にしん山椒漬〉は東京あたりでも見かけるけれど、会津若松「籠太《かごた》」の自家製はまったくちがう。身欠きニシンを上等な酢で丁寧に戻し、初夏の山で籠いっぱい採ってきた強烈な香りの木の芽山椒をたっぷり使って二度漬けしたニシンは、背は銀青に光り身は鮮烈に赤く、「新鮮」と言いたいほどだ。最近飛躍的によくなった会津の酒でこれを肴にすれば、文字通り「何にもいらない」。

和歌山の「長久《ちょうきゅう》酒場」なら〈ウツボの一夜干し〉だ。猛魚ウツボの一メートル余の大物を毎年十一月に開いて干し、冷凍しておく。切身をカウンターのガス台で焼くとみるみる厚くふくらんでふつふつと泡を吹き、裏表だけでなく横に立たせて側面も焼いたのを、砂糖醬油で食べる。味は鰻ほどだらしなくなく、穴子よりは強靱。もっちりと粘る歯応えはひと切れごとに精がついてゆくのがわかり、別名「セガレタチウオ」（わかりますね）を納得する。ああ食べたい。

大分県だけにある肴が〈りゅうきゅう〉だ。鯖や鯵など刺身の切れ端を胡麻醬油たれに浸しからめ、玉子を割り落した郷土料理で、父ちゃんはこれで一杯やり、家族はご飯にのせてわしわしかき込む。福岡の〈ごま鯖〉にも似るが魚は何でもよい。大分市「こつこつ庵」のは関鯵、関鯖を使うから上等だ。なぜりゅうきゅうと言うかは「よくわからない」とか。土地のカボスを搾りおろした麦焼酎に最良の肴になる。

中高年の旅の宿は寝るだけなのでビジネスホテルがいい。地方にも安く快適なホテルが増えてきた。チェックインしたらとりあえず一〜二時間ほど寝て、よおしと起きあがり、夕方出ていく。そうして至福の時間が始まる。

一人旅が好きだが男の三人旅もときどきやる。酒を飲むのは三人がいい。二人は常に話し相手で最後は疲れるが、三人は交替で話が回り気が楽だ。四人になるとタクシー一台に乗れず、居酒屋も四人一緒に座れないこともある。したがって三人だ。

行きも帰りもそれぞれ勝手。ホテルだけは同じところに決め、夕方五時ロビー集合で、いざ出陣。最初に一人二万円くらいずつ集め共通財布に入れてだれかがそれを持ち、タクシーも飲み代もすべて払う。余れば分け、足りなければまた集める。この丼勘定がいちばん楽だ。

四十代、六十代（私）、七十代の男三人で静岡に集まった。共通財布担当の四十代は紺上着の出張姿。現役引退した七十代はアロハシャツに雪駄だ。静岡の居酒屋「多可能《たかの》」は創業大正十二年。黒潮のカツオをはじめ時期のサクラエビ、シラスは本場。今日は天竜川の鮎が人気だ。男三人それぞれ適当に頼み、まずはビールで乾杯。それから静岡の夜の町を数軒はしごして、午前様となったホテルロビー。

「えーと、残高精算、一人一五〇〇円バック」

そこで解散。翌日みなどうしたかは知らない。

行動パターン

一人旅を続けていると行動パターンが決まってくる。

あれば必ず寄るのは市場。市場はその土地の産物がよくわかり、見て飽きず、お土産を買える。早いうちに市場に行き、これと思う品を宅急便で送ってしまえば、帰ってからのお楽しみになり、家族への言い訳にもなる。

このとき日ごろお世話になっている方に品を送る。そのための住所メモは常に財布に入っている。中元歳暮をこれで済ませるが、コツはあまり凝った珍品にせず、もらって困らない普通の品。たとえばタラコ、筋子、漬物、一夜干しなど、その最上品にする。高知のパックのカツオ叩き、千葉の丸干し、宇和島のじゃこ天はお礼状が来た。

私の「日本三大市場」は、釧路「和商市場」、金沢「近江町市場」、小倉「旦過市場」。続いて秋田「市民市場」、京都「錦小路」で五大市場となる。市場は旨い食堂があるのも楽しみだ。

次は「古道具屋」のぞき。「古美術商」は敷居が高く、入るのはあくまで古道具屋。見るのはおもに酒器や皿で、文字通り埃《ほこり》をかぶっている二束三文から探す。値段は上限ひとつ二〇〇〇円だが、だいたい四〇〇〇~五〇〇〇円だ。何々焼のような陶器には興味がなく、印判や染付けの絵のある磁器。新品よりも、役目を終えて、あるいは持ち主に捨てられて、今ここに静かに埃をかぶる。それを買い求め、もう一度生き返らせるのが好きで、気がつけば山のようになった。これも最近は良いものがあると二つ買い（安いし）、ひとつを好きな女性に勝手にプレゼントしたりしている。

経験では良い品が安くたくさん揃うのは飛騨高山、近江長浜だ。高山の店の主人に「交通不便な高山は、昔からものを捨てない習慣があり、それでガラクタがこれだけ揃っている」と聞き、よい話と思った。京都は値段が倍以上高いが、よく行く一軒は「エイ」と覚悟する秀品がある。

三番目は中古レコード。音楽はレコード派の私はその入手が肝要。神戸の店は必ず入り十枚近くも買うが、外国人が多いためか古い外盤ジャズボーカルが多い。熊本では長年探していた盤をみつけ、しかも安く（価値がわかっていない？）、入ってみるものだと思った。京都は有名な一軒があり、保存状態もふくめ良盤が多いが、価値がわかっているため高い。

これらは住んでいる東京でもできることで、築地市場には日本中（世界中？）の海産物があり、浅草界隈の古道具も、お茶の水や新宿の中古レコードも充実だろうけど、あまり行く気にはなれないのは、昼間からそんなところをぶらぶらしたくないからだ。

――そう「旅ごころ」です。好きな人に品を送る宅急便の紙に「釧路の市場にて」「高山の古道具屋にて」と書くときこそ自己満足の「ヨロコビ」なのであります。

上高地帝国ホテル滞在記

学都、岳都、楽都。長野県松本は三つの愛称がある。「学都」は学問。明治八（一八七六）年築「旧開智学校」は、このほど松本城に続き、学校建築初の国宝に指定された。「岳都」は山岳。北アルプス登山口の松本に来たことのない登山愛好家はいない。「楽都」は音楽。一九九二年に始まった「サイトウ・キネン・フェスティバル松本」は二〇一五年より総監督・小澤征爾の名を冠した「セイジ・オザワ松本フェスティバル」として毎年初夏に長い期間の国際音楽祭を続けている。

私の母校・松本深志高校も、「学」はもちろん勉強。「岳」は松本の高校生に登山は日常で、私も二年の夏休みにテントをかついで燕岳から常念岳の裏銀座縦走に出た。「楽」ではなく美術部アカシア会で絵を描いていたが、その三階アトリエは下の音楽部の練習がよく聞こえた。

松本といえば信州蕎麦。人気急上昇は、わらびや山うど、秋の地きのこ、鶏や鴨の鍋に蕎麦をぐらせる〈とうじ蕎麦〉だ。安曇野の旧奈川村で、ながい冬の入口のご馳走蕎麦だったのを、市内「まつした」の主人が三十年前に出し始めたときは、松本の人は知らなかったそうだ。名は〈冬至〉に由来すると思っていたが、蕎麦を〈投じる〉からという。

＊

今回は晩秋の上高地。

松本から安曇野を抜けた車が急峻な谷あいに入ると、黄・赤・緑など、華麗に彩られた山々が深い青空に照り映える。この奈川渡《ながわど》あたりが〈とうじ蕎麦〉の発祥地。「まつした」主人は、この奈川渡のきのこや山菜しか使わないと言っていた。

くねくねした山間の細道はやがて平坦な樹林になり「上高地帝国ホテル」に着いた。高校以来、山登りが再燃したのは銀座の会社で働いていた三十代後半で、北アルプス縦走、穂高の屏風岩クライミングなど何度も来ている上高地の、見るだけだったホテルに初めて泊る。

一階が自然石組み、二、三階は丸太横張り、四階の真っ赤な斜め屋根にドーマー窓の建物は、まさにこう願いたい山岳ホテル。マネージャーの黒上着とネクタイは東京日比谷の帝国ホテルと変わらない。

「お待ちしておりました」

「お世話になります、やっぱり寒いですね」

「いやあ、今日は温かいです」

今日は十一月十二日。迎えるスタッフは、例年四月二十六日の開山祭から上高地に入る。今年（二〇二〇年）は七月一日から十一月十五日の冬季休業開始まで五ヶ月半。その笑顔は長かった山ごもりがあと数日で無事終わる安堵感かもしれない。

まずは荷物を置きに部屋へ。廊下両側は重厚な木の扉が並び、釘隠しのような鉄のエンブレムが格式だ。私の225号室はほどよく広く、こちらも木を基調にした山小屋風。カーテンを開けたベランダには、初雪以来だろうか雪が残る。

そこから眼前に眺める山々のすばらしさ。左間近に焼岳、早くも雪をかぶる西穂高、ジャンダルム、奥穂高、吊り尾根から手前は前穂高。視力が十倍になったようにかつて縦走した山肌がくっきり見え、晩秋の青空の青の濃さがまるでちがう。ここでコーヒーを飲みたい。部屋にコーヒー湧かしがあったな、小さなウエルカムクッキーもあった。

＊

一息入れてセーターに着替えロビーに降りた。部屋に上がるときに乗ったエレベーターは木の柱が囲み、四方からせり上げた天井照明、ランプ型の壁灯など、あたかも小さな奏楽堂のようだった。下りは階段にしてみよう。丸太を組んだ手摺りは、創業昭和八年（一九三三）以来八十七年の客の手で撫でられている。フロントから三段ほど上がった奥のロビーは、幅五十センチもある横梁、角だけを装飾的に削った角柱、荒々しさを残した太丸太、細丸太。ヨーロッパ山小屋風ながら腕木やほぞ組みは和風でもあり、木肌は滑面、粗仕上げ、こぶこぶを残した天然のままなど多彩な表情は、木の面白さを満喫して設計したようだ。

圧巻はロビー上を一周する回廊で、巡る手摺りは太い天然丸太に紋章風に透かした柵を連ねた、豪快と繊細の併置。四隅にせり出す丸い小バルコニーの台材はどれほどの巨木を切ったことか。木材を生かす設計の象徴とも思えるのが、松の輪切りを敷き詰めて豆砂利洗い出しで仕上げた床だ。径三十センチもあれば十センチもある。踏まれ踏まれてくっきりと浮かび上がった年輪は風格となり、足裏の感触が気持ちよい。

見上げた梁には、スイス・グリエン地方一八〇〇年代の大きなカウベルを間にカモシカとツキノワグマの毛皮が。ロビーのまん中は丸石で囲んだ焚き火場で、高さ約五メートルの排煙マントルピースがかぶる。夕方五時には燃やし始めるそうで楽しみだ。

売店先のダイニングルーム入口に置いた優雅な曲足の円盤オルゴールはディナー開

始を知らせるためだそうだ。試しに鳴らしていただいた盤は「アメイジンググレイス」。そのハーモニーはすばらしく、オルゴールで夕食を告げるとは素敵だ。そういえば部屋にもオルゴールがあった。

三十年ほども前、山好きの仕上げにアイガー峰に遠征した。高度順化、岩登りなど訓練を重ねてきたがヨーロッパの岩場は厳しく、夕方下山予定が二晩のビバークとなり、三日目の朝ようやく、ふもとのグリンデンワルドに下山できた。東京に戻る記念に買ったのがスイス・リュージュ社の円胴式オルゴールだ。「ガボット」「ドン・ジョヴァンニ」「魔笛」の三曲入りは高価だったが今も折々に慰めてくれる。部屋の小さなオルゴールも同社の小型で木箱は同じだった。

ニホンカモシカの剝製があるロビーラウンジ右通路に小さな「読書室」が。新聞各紙のほか、書棚には『日本山岳名著全集・全十二巻』『小島烏水全集・全十四巻』、この地を愛した作家・新田次郎や串田孫一にならび、『中里恒子全集・全十八巻』があるのがうれしい。別棚にはリュージュ社のオルゴールがいくつか。山の滞在型ホテルの読書室、その窓辺の小さな丸テーブルで外の山を見ながら本を開き、オルゴールに耳を傾けるのは良い時間にちがいない。

＊

夕方五時、ロビー「グリンデンワルド」の椅子に人が集まってきた。バー「ホルン」の一杯を楽しみにしていたが今年は休業なのでここで食前酒といこう。女性バーテンダーが振ったオリジナルカクテル「清流」はラムベース、ミントの清々しさに二種のフルーツの甘さがいい。

しゃがんで点火を始めたベル係のお手並み拝見。私は作家・椎名誠さんの海山川キャンプにまぜてもらうようになり、そのとき欠かせない大焚き火で、その点火技は熟知している。

大きな二つ割り丸太の間に、丸めた新聞紙、使用済み割り箸、細割りの薪をやわらかく重ね、これは一発で点くな。小さな炎が上がるや、蛇腹を板で挟んだフイゴで空気を送る。我々は缶ビールの段ボール箱をつぶして両手で盛大にバッサバッサと煽いで風を送っていた。ややあって細割りの薪が燃え始め、もう大丈夫だ。

室内ロビーのまん中で焚き火するホテルが世界にあるだろうか。焚き火の魅力はパチパチという音。火を眺めて囲む人たちはみな無口になる。無心にゆらめく炎に大変だったこの一年をふりかえっている人もいるだろう。

オルゴールが聞こえてダイニングルームへ着席。飲みもののリストに、おお「松本ビール」があるではないか。

「これおいしいんですよね」

「ご存じですか、とても評判がいいんですよ」

ご存じですとも。松本の名バー「メインバー・コート」の林さんが準備を重ねた地ビールは二年ほど前から本格稼働。その「ペールエール」を昨年から置いているそうだ。

キュー……。キレのある苦味を立たせる香りは、名水・アルプス伏流水で生きる。

松本新名物〈鶏の山賊焼き〉は市内各店で味を競っているが、なんとここにもあり、野沢菜風味のタルタルソースを添えたエレガントな「貴族の山賊」でこのビールにぴたりだ。

フランス料理のコース「神河内」のメイン〈国産フィレ肉のパイ包み焼きウェリントン風／茸とエストラゴンのシャスールソース〉で赤ワインに替え、何一つ残さず満足のときとなった。

就寝前にまたベランダに出てみた。満天の星にカシオペアが見える。床に入ってかけたオルゴールの音が消えると静寂となった。全くの静寂、これほどの贅沢があろうか。明け方に目を覚ましもう一度ベランダに出ると、カシオペアのあたりは北斗七星になっていた。

＊

翌朝、冬山用のタイツをはいて散策へ。梓川に沿う樹間の道が気持ちよい。この川は安曇野の私の実家ちかくを流れ、犀川となり、日本一の長流信濃川として新潟で日本海にそそぐ。今年の上高地はコロナ禍の影響で入山者は少なかったそうだ。晩秋深い時季に登山者は見えず、身支度を整えて散策を楽しむ中高年が河童橋から山を眺める。私も七十四歳。もう高山登攀《とうはん》は無理、山は近くまで来て眺めるものになった。

昭和四十年ころか。私の母の姉夫婦が長崎から松本のわが家を訪ねてきたことがあった。母は遠い実家長崎の姉との再会がうれしかっただろう。父は上高地へ案内し、河童橋の上で四人並んで撮った写真を母は生涯枕頭に置いていた。その四人はすでに亡く、並んだ写真もこれしかない。河童橋から眺めた風景は今も変わらない。父母も赤屋根の上高地帝国ホテルを見ただろうか。

夫婦の居酒屋旅

長年、居酒屋通いを続け、本なども書いているが、最近リタイア中高年夫婦の居酒屋旅が増えている。

秋田の名居酒屋「酒盃」のカウンターで一人、盃を相手にしているとき、端に座る中高年ご夫婦に「失礼ですが、太田さんでしょうか」と声をかけられた。開いて見せた私の居酒屋ガイド本には全国の行った店の寸評が書かれている。ご夫婦の旅はホテルに荷物を置いて着替えると、本を頼りにめざす居酒屋に入るそうだ。

ある広告代理店の調査で、夫婦でリタイア後にしたいのは国内旅がトップだった。何度か海外旅行もしたが、治安は悪いし、言葉は通じないし、お金の計算はできないし、興味ある飲食店にぶらりと入ることもできないし、もういい。しかし国内なら治安はいいし、言葉は通じるし、お金の計算はできるし、何かあったら携帯電話がある。而《しか》して国内旅行だが、旅館に泊まって部屋で食事したのでは家にいるのと変わらず「おい、テレビつけろ」になってしまう。そこで町に出るが、老舗の蕎麦屋も鰻屋も食べたら終わりで、せいぜい三十分だ。その点居酒屋は、旨そうなものをちょこちょこつまみ、酒さえ置いておけばいくらでも長く居られ、酒が入れば話もはずむ。そのうち土地の名物や気質も見えてきたりする。なるほどその通りだ。

「奥様もいける口ですか」とうかがうと、お酒は飲めないが、酒の肴はおいしいうえに量が少なく、いろいろ楽しめるとのご返事で納得だ。面白いのは奥様のほうが度胸があること。ご主人は「あなた、いつもこんなおいしいもの食べてるの」と言われたくないので、焼油揚か漬物くらいでおとなしくしているが、奥様は「私、海老のお造りと茶碗蒸し、出汁巻玉子もおねがいね」と豪勢で、男は目をまるくする。

ご主人がトイレに立ったとき奥様に聞いた。

家では仏頂面の旦那様がご機嫌にしてくれているのがまず嬉しいが、居酒屋は家ではあまりない夫婦の会話が、カウンターの主人や女将を中にした三角形に話がはずむのが楽しいそうだ。

「どちらからおいでですか」「え、東京」「奥様と二人旅なんていいですね」「いや、ま、こいつが行こうって言うもんだから」「あらここに決めたのあなたでしょ」「はははは、うらやましい」「こちらの地酒は何ですか」「はいはい、これは……」

さらに奥様は語った。もうよい歳になってしまったけれど、男があれほど通う居酒屋というところに女の私だって入ってみたい。家の近所は人目もはばかられ、知り合いに会ったりしたら体裁が悪い。しかし自分たちを誰も知らない地方の町なら堂々とそれができる。

結婚したころは夫婦二人で夜の町を歩き、お酒を飲んだりしたこともあったが、主人は仕事に、私は子育てに忙しくなりそういうこともなくなった。そうして数十年、主人はリタイア、子どもも家を出て、また夫婦二人になり「旅行でもするか」と出てきた。そして数十年ぶりに夫婦二人で夜の町を歩いた。初めはちょっと怖く、ご主人の腕にしがみついていた。ほろ酔いで歩いたその経験が楽しく、以後自分からも誘うようになったと。

わかるような気がする。そして続けた言葉がよかった。

自分の旦那様が居酒屋の主人と対等に闊達に話すのを見て、結構やるじゃないと見直した。家庭の奥さんは、仕事なり何なり男が外で他人ときちんと話をするのを見る機会はあまりない。家にいれば粗大ゴミ扱いだ。それが、旅先だからある程度おしゃれした身なりで、盃を手に姿勢よく愉快に話のできる主人に惚れ直したと。なるほどそういうものかという気もする望外の成果（？）だ。

ご主人が戻り、入れ替わりに奥様が席を立ち、こんどはご主人に聞いた。

「夫婦の居酒屋旅、いかがですか」

「いや、たまにこれやっとくと、一人で飲みに出るとき、行ってらっしゃいと言ってくれるんですよ」

と言いながらも夫婦酒はまんざらでもなさそうだ。

「明日は会津の籠太に行きます」

「ああ、あそこはいいですよ、ニシン山椒漬けが絶品」

「へえ、それ何かしら」

旅の三人酒がはずんだことでした。

居酒屋と風土

気候風土と居酒屋の関係について書いてみよう。

日本列島は、北と南、太平洋側と日本海側、海岸部と内陸部、また内海（瀬戸内）と島嶼《とうしょ》（伊豆七島、沖縄など）では気候風土が大きく異なる。よって酒もふくむ産物もさまざまなら、食べ方もさまざま。当然居酒屋もそれを反映する。

開拓地であった北海道はかつては米の生産がままならず、それゆえ日本酒造りの歴史も浅く、品質が上がってきたのは近年のことだ。しかしビールはどこで飲んでも確実に内地よりも旨い。北海道のビールは明治の開拓使麦酒醸造所に始まり、日本のビールの歴史は北海道にある。北海道だけで売るビールもある。ビールは出来立ての生がベストで、札幌の工場内ビール園のは最高だ。町の居酒屋もビールの扱いに慣れていて安心できる。私がビールに開眼したのははるか昔に訪ねたミュンヘンの大ビアホールだったが、その後すぐ行ったサッポロビール園は同じ味がした。

＊

料理は炉端焼が多く、釧路の居酒屋はほとんどすべて炉端焼だ。大きな囲炉裏をカウンターが囲み、炭火にのせた一メートル余の大きな金網で魚も野菜も何でも焼いて食べる。囲炉裏の脇には鉄瓶や甕《かめ》に常時酒が温まり、柄杓《ひしやく》で茶碗に注ぎ、すぐ出す。寒い外からやってきた客は燗のつくのを待てない。北海道に炉端焼が多いのは料理の歴史が浅いから、いや素材が良いからこれが最良などと言われるが、北海道は常に赤々とした火のあることが最大のもてなしで、私は開拓当時の記憶を伝えるＤＮＡと思っている。

魚は干物が主だ。冷たい生魚刺身なんか食べたくないし、ビールには合わない。ある居酒屋で「東京の日常の魚の基本はイワシ、アジ」と言うと「ああいうものは食べん。基本はサケ、ニシン。カツオは食べたことがない」と聞いた。〈じゃがバター〉に代表されるじゃがいもへの特別な愛情は、米のない日々の食を支えてくれた感謝の心で、ソウルフードと言えよう。

＊

東北は日本酒王国で地酒名品はいくらでもあり、南部杜氏によるどっしりした味わいに特徴がある。飲み方はだらだらと長い（笑）。これは本当で、東北の人に冗談まじりにこう言うと必ず苦笑して認める。まあ冬の長いところだから。

広く豊かな郷土食があり、塩分の強い味付けが酒を進ませる。青森の冬の代表はタラとその白子のタチ。太平洋側の岩手・宮城は三陸の魚介、夏のホヤはファンが多い。生魚の流通がなかった内陸は身欠きニシン、エイヒレ、塩鯨などの乾物料理が優れ、代表は〈ニシン山椒漬〉だ。日本海側の秋田は小鍋立ての王国で、しょっつるが味をつくる。肴は漬物に代表され、これも越冬食といえるだろう。北海道の〈ニシン漬〉もそうだが、サケ、ハタハタを麹で漬け込む「飯《い》寿司」も冬に欠かせないものだ。こういう塩分も旨みも強い長持ちする肴で「だらだら長く飲む」。

＊

関東は東京一極集中で、その他の県はあまり特徴がない。魚河岸の新鮮な刺身を最高とし、居酒屋の注文は「酒と刺身」ですませる。煮炊きは何でも醤油と砂糖と葱でちゃっと煮ておしまい。日本中からものの集まる東京は肴に特徴がなく、日本中の郷土料理店が揃うのが逆に特徴という上京者の町だ。一方生粋の江戸っ子は、威勢のわりに酒量は口ほどでもなく二、三本で寝てしまい、長尺勝負の東北の酒呑みにはとてもかなわない。

人を誘うとき、東京は「酒でも飲みにいこう」、大阪は「なんぞうまいもんでも食いにいかへんか」。東京は酒優先、大阪は（京都も）食べ物優先だ。

すぐ出る刺身に慣れた東京者はせっかちで、料理の出が遅いといらいらするが、関西は注文に「少々お時間かかります」と言われても「ええで、丁寧にしてや」と悠然としている。魚は、関東はまぐろ、カツオに代表される血の気の多いもの、関西は白身の鯛が第一だ。〆鯖も関東は酢洗い程度だが、関西はたっぷり甘酢に浸け、さらに出汁に浸す〈きずし〉になる。関西の酢の使い方は一枚も二枚も上手だ。

＊

中部地方、関東関西をつなぐ東海道こそ、私の思う居酒屋天国だ。あまり台風が上陸せず年中温暖な気候は、野菜も果物もお茶も、鮎や鰻など川魚も豊富、黒潮には常に魚が泳ぎ、一年中食べるものに困らない。酒も殿様型の豪華な味わいだ。

山梨、信州など内陸部は山菜、きのこが魅力だ。北陸の楽しみは日本海の豊富な魚種。焼魚の最高峰ノドグロや、春のホタルイカ、冬のブリなど四季にわたり魚を愉しめる。富山は北前船が北海道から運んだ昆布による昆布〆王国。若狭湾は鯖街道で京都とつながり京の台所を支えた。酒は黒部伏流水を生かした「水の旨い」淡麗が主流。

＊

中国地方、山陽側は瀬戸内海の小魚が中心で、刺身よりもメバル、カワハギ、カレイなど煮魚が主になる。春先の〈イイダコ煮〉〈イカナゴ釘煮〉はこの地の人には欠かせないものだ。山陰側は名酒の産地で、肴は日本海の魚とカニだがカニは高い。竹輪やカレイ一夜干しに名品あり。

四国四県は背中合わせに異なる風土と気質を持つ。香川は瀬戸内の魚と飲んだ後はもちろんうどん。徳島は紀伊水道でもまれた魚の刺身にスダチが欠かせず、愛媛はじゃこ天が旨い。居酒屋天国高知は、ご存じカツオやウツボの叩きで男も女も豪快に酒を飲む。春先の珍味は穴子の稚魚〈のれそれ〉だ。

＊

九州は、福岡・佐賀あたりはまだ日本酒圏で、名物の鯖刺身をたれに浸けた〈ごま鯖〉で日本酒を飲むが、他県は一気に焼酎圏になり、油をつかう揚物が増え、鹿児島のさつまあげ〈つけあげ〉は焼酎にベストの肴だ。

海を越えて沖縄に渡ると酒は泡盛になり、亜熱帯気候を反映して料理も一変する。チャンプルー、テビチ、ラフテー、スクガラス、島豆腐、島らっきょう。沖縄料理は医食同源の流れをくみ、陽性の哀調をおびた三線《さんしん》の調べとともに身も心も限りない癒しにみちびく。

――北海道の焼物、東北の漬物、関東の刺身、関西の酢〆、中国の煮魚、九州の揚物、沖縄の炒め物。それらはみな土地の気候風土がつくる産物と、その生活環境に必要となる栄養を反映している。「世界無形文化遺産・日本料理」と言うけれど、高級懐石やおもてなしではなく、各風土で日々の命をつないできたこちらにそれはあると思う。

京都の居酒屋

京料理の総本山・京都はカウンター割烹が中心で「料理が第一、酒は二の次」。酒を飲んでいると「料理が冷めます」とうながされ、追加すると「まだ飲むんですか」という顔をされた。それゆえ酒本位の居酒屋は少なかったが、ここ十年ほどの銘酒ブームで割烹もいろいろ地酒を置くようになり、またコースではなく、好きなものを注文できるようにした結果、ゆっくり飲める銘酒居酒屋がたいへん増えた。

これが京都の居酒屋の特徴だ。つまり料理人は割烹修業が当たり前ゆえに、関東に比べて「圧倒的」に料理、肴の質が高い。たかだか五〇〇円の品でも、出汁など基本がしっかりしている、というか他のやり方を知らず、すべて手づくりするからだ。

また京都は、観光客と地元の人の行く店がはっきり分かれる。「観光」は京都の最大の産業ゆえ、人気店は観光客のために席を空けておき、自分たちは顔を出さないようにする。そうして目立たぬ場所の、京都ムードなど何もない普通の居酒屋（たとえば「櫻バー」「よこちょう」）に通うが、そのレベルはおそろしく高い。しかし我々はそこは遠慮しよう。京都に来たからには「京都ムード」を味わわなければ勿体ない。

国際観光都市京都は観光客に慣れているが、応対はうわべだけで素っ気なく、客に深入りしない。そういうものだから仕方がない。大声や知ったかぶりは最大のご法度で、「お上りさん」扱いされる。東京の話などしてもまったく聞いていない。逆に「さすが京都、おいしいですね」などとゴマを擂《す》っても「おおきに」で終わり。そんなことは言われ続けている。

ではどうしていればよいか。

「おとなしくしていること」。身なり、行儀に気をつけ、静かに酒料理を味わうのが京都の居酒屋作法だ。京都は大人の町。それが身についてくると京都にしかない居酒屋の楽しみがぐんとわかってくる。数軒を紹介しよう。

神馬《しんめ》

創業昭和九年は、おそらく京都でもっとも古い現役の居酒屋。蔵造りの建物は二階白壁に「銘酒 神馬《しんめ》」と鏝文字で浮彫りされ、古風な粋をたたえた玄関は格子窓や丸柱がつやつやと光る。店内は大きなコの字カウンターがまわって、大らかな昔の居酒屋を偲ばせ、小さな朱塗り太鼓橋の先は大卓だ。

地元でながい料亭修業を終えた三代目の料理はすべてすばらしく、カニ、フグなどの高級品から、手軽なきずし、スッポン小鍋まで、高いものは高い、安いものは安いの値段明記がありがたい。座ればまず出てくる本日のお通し三点は、その日のエッセンスだ。京都の商売は老舗の信用第一で、甘鯛などの最高良品は市場で勝手に「神馬」の紙を貼って待っている。京都地酒を七種ブレンドして甕に入る酒のお燗は比類なくやわらかくおいしい。

京都に来たらまずは知るべき、最高級にして庶民的な居酒屋。

ますだ

石畳の細路地に小粋な店がぎっしり並ぶ先斗町《ぽんとちょう》は、京都に来た観光客の誰もが歩くところ。そこに迷わず入れる居酒屋があれば嬉しい。

中ほど十五番ろーじ（路地）の「ますだ」は、大佛次郎、梅原猛、桂米朝、ドナルド・キーン、司馬遼太郎らの文化人に愛された、いかにも京都の小粋な小酒場だ。小さな玄関からまわり込んだカウンターにはおばんざい大皿が並び、品名は知らなくても指さして注文できる。いち押しの〈きずし〉は出汁のきいた二杯酢に針生姜が絶妙。〈鴨ロース〉は一級、古漬けたくあんの〈大名炊き〉は人気だ。酒は鎮座する四斗樽賀茂鶴を特製の大徳利で。

多くの文化人が通った雰囲気は品があり、これと思う人と気軽なカウンターで京都らしさを味わうのにここほど良い店はない。でありながら仕事を終えた早じまいの職人や、芝居帰りの老夫婦も気楽に座るのが京都らしい。こういう、気楽でありながら格のある店は東京にはない。

めなみ

高瀬川に沿う木屋町通り、三条小橋たもと近く。つまりもっともイメージする京都らしい場所にある小割烹。開店昭和十四年。創業女性の名が「なみ」で「女」を冠して店名になった。京都の総菜「おばんざい」を店で出すようにしたのはここが最初で今はどこも置くが、当店は家庭料理とは一線を画し、カウンターに並ぶ大鉢の品〈丸大根とお揚げ〉〈生ゆば煮〉〈えびいも〉などどれも魅力的な名品だ。

しかしおばんざいだけで帰るのは勿体ない。お造り、焼もの、揚もの、一品など値段明記の品は京都の料理を満喫でき、ピンク美しい自家製〈鴨ロース〉、独特のたたみ方が可愛い〈水餃子〉も人気がある。

なみさんの孫である三代目は「日本三大美人白割烹着女将」の一人。うりざね顔からもれる京言葉を聞きながらのカウンターは、大学の町・京都の外国人教授なども気軽に来て一杯やっている。京都で飲むよろこびを満喫させる店。

食堂おがわ

京都の有名割烹で十五年の修業を重ねた若い主人は、そのころから食通に名を憶えられていた。満を持して開いたのは一品値段・上限二五〇〇円までの小居酒屋。たちまち評判になり今では京都でもっとも予約のとれない店となった。

舳先のようなV字カウンターの先頭で包丁を持つ腕は余裕しゃくしゃく。客の軽口に応えながらも次々に料理をこなす。前菜、お造り、温もの、御飯ものと分かれた三十品ほどは、すべて修業に自分の方法を重ねた個性があり、私は全メニュー制覇をめざしているがまだ実現していない。糸ぐるぐる巻きの名品〈カモハム〉は山椒が決め手。〈出汁巻〉は一人が頼むと私もオレもと次々に手が上がる。何でもない〈鳥カラ揚げ〉がこういう見事なものだったか。

料理の要は「水」にありと、毎朝ポリタンクで近くの下御霊神社に汲みにゆくところから始まる一日の大半は仕込み時間だ。全員の黒半袖シャツ、黒ズボン、黒前掛、白鼻緒草履の支度は若々しく、親方然としないで修業若手に指示を出す「静かな忙しさ」の充実が店に満ちている。

たつみ

京都の酒好きで「たつみ」を知らない人はいない。場所は、東京ならば銀座四丁目交差点にあたる四条河原町を少し入った裏寺町、通称「裏寺」で、そんな一等地に昼十二時から夜十時までぶっ通し営業の信用ある大衆酒場があるのが京都らしい。角に左右二つある入口前はコの字立ち飲みカウンターで奥に机席が続く。壁を埋め尽くす品書きビラはおよそ二百種、平均価格およそ三八〇円ながらその質は極めて高く、大衆酒場といえども京都ではこのくらいの品を出さないとダメなのだ。酒はビール、チューハイ何でもあり。酒は黄桜のガラス瓶燗だ。

夕方四時には満員。京大生中心の若いバイト陣は、返事も調理場への伝達も明快で、品が届くと目の前の伝票に横線を入れ確認し、安心感がある。一番人気は注文の途切れない〈野菜天〉、冬の〈たつみ特製かす汁〉は具沢山に濃いめの粕でたいへんおいしい。

私の定席はカウンター端たぬき置物の前。いつか隣で大学教授らしきが二人、難しい話をしていた。学問と学生を大切にする京都の大衆酒場とはこれだ。

気仙沼「福よし」の日本一の焼魚復活

気仙沼《けせんぬま》の名店「福よし」は東日本大震災で海岸の店は流失したが、二〇一三年八月再開したと聞き、訪ねる日を待っていた。

天然の良港・気仙沼港は、今では少なくなった接岸大型船とすぐ前の民家が近い港で、地元の方の船上と波止場の立ち話は日常の風景だった。「今夜、飲みに来いや」「おう、行く」そんな話をしていたのだろう。

新店は以前よりも海に近く、海岸までおよそ三十メートル。通り抜け駐車場の二階が店で、海側のベランダに「福・よ・し」と一字ずつの看板を上げる。港に入ってきた船はこの電灯看板と奥の店灯りに「待ってるよ」を感じてほっとするにちがいない。

「そうなんです」

主人の村上健一さんは答えた。津波で店のすべてを失ったが、復興計画は進まず、地盤沈下した波止場も今もそのままだ。六十歳を超えた人生の仕上げ期に「残された人生は一日も無駄にできない、五年後に立ち退きを言われてもかまわない、今の自分を大切に生きたい」と新店建設を決めた。

そのとき考えた。人は高台を勧めたが、自分はヨリ海に出よう。船が何ヵ月も苦労して捕ってきた魚は目の前で受け取りたい、乗組員に「待っている」灯りを見せたい。また津波が来たら何もかも捨てて逃げればよいのだと。

新店は間取りも造作もできるだけ前と同じにした。太い梁は地震で半壊した唐桑の築百年民家から軽トラで何度も往復して運び、食器棚下に据えた岩手県江刺《えさし》・岩谷堂《いわやどう》の立派な古箪笥も被害の家から使ってくれと言われた。立派な榧《かや》のカウンターも古竹の腰板も変わらない。以前の店を造るとき余ったのを残しておいた二百年ものの古竹や板戸が出番になった。海のホヤの殻を使った赤い光が幻想的なランプも、またいくつもつくった。

「自分や土地の記憶を消したくないんです」

この店の主役、コの字席が囲む囲炉裏も昔通り。中には百六十キログラムもの灰が七十センチの厚みで詰まり、この量が大切なのだそうだ。真ん中の炭火を囲むステンレスのドーナツ状水プールは、炭火に向けて斜めに立てた串刺し魚から落ちる脂を受けるためだ。脂は灰に落ちないから煙はまったく上がらない。

冬の今は、たっぷり身の厚いミズガレイだ。太い竹串は節のところで魚の頭を止める。整然と山のように積まれて青い炎がゆらめく強烈な炭火遠赤外線を真っ向に浴び、ぽたり、ぽたり、やがてスーとしたたると脂受けの紙を当てる。スパッと入れた包丁は筋を切り、脂の流れをつくるためだ。裏を返し、角度を変え、熱との距離を常に測る。大切なのは手指で感じる身の肌合いで、同じ魚はないそうだ。

囲炉裏の良さは味だけではない。

「火は人の心を集める、その力なんです」

福
よ
し

考えてみれば「火で焙る」こそ人類の「料理の発見」ではないだろうか。もっとも素朴な「焼くだけ」がじつはいちばん難しいと多くの料理人が言う。およそ二十分。その見事な「料理」はすばらしい。

カウンターに席を移し弟の修一さんの前に座った。焼方は兄、板前は弟、健一さんの奥さんと息子さん、家族の団結は地震にもびくともしない。「焼きもいいが刺身も」と言う半透明のミズガレイ刺身の味は濃く、生と焼きでは世界が変わる。気仙沼産毛ガニをカニミソと和えた一品に地元「伏見男山」の純米大吟醸が止まらない。

カウンター隣は浜松から復興ボランティアに来た三人組で、旨い旨いとよく食べよく飲む。そう、労働のあとの酒は旨いのだ。それがまた人助けであればなお。その方にご苦労様と一杯注ぐ私に、健一・修一さん兄弟がにっこりと笑った。

外に出ると夜空いっぱいの星が、気仙沼の復活を呼ぶようにまたたいていた。

松本「きく蔵」の花わさびヒリリ

学問・山岳・音楽＝学都・岳都・楽都。三つの「がく」を謳う信州松本は私の故郷。

そこにもうひとつ〈酒都〉といこう。

市内の女鳥羽《めとば》川を渡った旧町名・上土《あげつち》の路地角の屋敷の門瓦は松本の職人技術を見せ、丸山鶏肉店、福州軒食堂、本郷食堂、門田餅店などは昔と何も変わらない古い松本だ。そこの蔵造り居酒屋「きく蔵」へ。

「こんちは」

「お、太田さん、今回は何で来ただい？」

「酒飲みに」

「ははは、いいじゃんね」

故郷の言葉が嬉しい。お通し〈花わさび〉は、山葵菜のつぼみの新茎お浸し。つくり方は難しく、まずかるい塩湯でアクをとり、甕に重ね入れてうっすら「初雪状」に砂糖をまぶし、九十度の湯をひたひたに入れ、五十度に冷まし、密封してひと晩置くと辛みが出るが、失敗するとまずいだけ。

おお……。ヒリリと鋭く切れる辛み、しかしすぐ鼻に抜けて残らない。こりゃいいわ、酒だ酒。小さなポスターは地酒・大雪渓の「常《じょう》」と「槍《やり》」。ははあ、背景の山の写真から意味がわかった。

「これは常念岳と槍ヶ岳だな」

「そうだだよ」

山岳名はそのまま酒名に使えなくこうしたそうだ。「常」辛口純米酒はピンと硬質な単純な旨さで、これは山男の酒だ。雪よ岩よ我等が宿り……。

私と歳の変わらないご主人は白い顎髭《あごひげ》が、ついにもみ上げまでつながった。帽子のピンバッジは、ご当地キャラ〈さんぞくん〉。松本は何年も前から〈松本山賊焼〉を名物に売り出し〈三月九日は松本山賊焼の日〉としてこのバッジを配った。

「何で三月九日なの？」

「三と九、さんぞく」

「……」

そもそもこれは鶏の唐揚げで焼いてない。鶏を揚げる→盗《と》り上《あ》げる→山賊。「揚げる」より「焼く」が山賊ぽいとかなり強引だ。ま、いっか。故郷には点が甘くなる。

味は各店の個性で当店は地鶏にこだわり、衣はさくりとおいしい。

話題は「今年、長野県は男女とも長寿日本一」。粗食県ゆえに漬物などの塩分過多に、食生活改善推進員（〝食改〟さん）による減塩指導の結果だ。理屈っぽい信州人は理屈が通れば守る。

「揚げものは大丈夫かな？」

味処 きく蔵

「だで、この野菜せ」

添えた山のような野菜がおいしい。名物は馬刺しと蕎麦くらいだった海なし県の信州も、今は流通の発達で日本海のホタルイカや北海道のタラ白子も入ってくる。信州高原野菜との食バランスで長寿日本一を守りたい。

花のない信州の冬の室内に飾る「花餅」がきれいだ。ご主人は四十代を過ぎて油絵を始め、写真で画集をつくった。海外風景を主題にした作品は絵筆のよろこびがあふれ、要所に使う赤がいい。この人生の余裕も長寿に結びつくと思う。

やっぱり故郷に帰って住もうかな……。

酒田「久村の酒場」の松の廊下

山形県酒田。灯《ひ》ともしごろの暖簾を分け、北国らしい二重の戸を開けると小さなコの字カウンター。これに工夫あり。天板はガラスで、下にいろいろ並ぶ小鉢の肴が見えるショーケース式だ。

「あれとそれとあれ、お酒はこれ」

見えているものを選ぶのは楽だ。注文は指さすだけ、二秒で届く。最初の「あれ」、砂丘で採れる「きもと＝あさつき」とやりいかの〈きもと酢味噌あえ〉のツンと来る春の香りに目が醒め、次の「それ」、〈めいか＝女いか〉は丸々太った子持ちの煮イカで皮一枚残した筒切りはよく味がしみ、煮汁を吸った大根、緑鮮やかなエンドウ豆がまたおいしい。三つめの「あれ」、アカモク・ナガモ・ギンバソウと異名のある海藻〈ギバサ〉は、混ぜたねばねばに箸を入れるとひと塊に持ち上がり、ねばとろしゃきの歯応えがたまらない。

「これ」と指さした酒は、床置き石油ストーブにでんと乗せた寸胴《ずんどう》の湯に腰までつかる一升瓶の「初孫」。瓶燗は酒の燗として最高で、ぬる燗なのにちっとも冷めていかないのは、ぬるい湯にながく入ると芯まで温まるのと同じだ。当店の本業は棟続きの酒屋だけあって、さすがに酒の扱いを知っている。

常に笑い顔のお母さんに、皆何か声をかけたがる。

「孟宗汁、もう終わりでねが」と聞くのは春一番の筍《たけのこ》と厚揚げの粕汁のことで、庄内の人は旬の二週間ほどは毎日朝晩（！）食べねば気がすまない。筍はアク抜き不要、茹ですぎちゃだめ、粕は新もの板粕と土用まで熟成させた夏粕を両方、味噌は白でと話しはじめると止まらない。

北前船の寄港と豪商・本間家で栄えた酒田、日枝神社門前通りの久村《くむら》酒店は創業慶応三年（一八六七）。いつのまにか同じ屋敷の土間で一杯飲ませるようになったのがこの「久村の酒場」だ。土間のカウンターといえども黒の塗り箱に粋な赤の縁取りは、商都花柳の粋を感じさせる。酒は燗酒のほかに地酒王国山形の麓井《ふもとい》、羽前白梅《うぜんしらうめ》、鯉川《こいかわ》、楯野川《たてのがわ》、東北泉《とうほくいずみ》、瑠璃色の海など名品ずらりだ。

席を囲む和気あいあいの雰囲気がいい。入口角《かど》は〝久村に通って五十年〟八十歳常連最長老の席。土間の先は池に架けた外廊下で奥座敷に通じるのが、その廊下に客が座るようになり、それではと幅を拡げ、さらに片側に畳も敷いて小机を置くようになった。今日もグループで満席だ。隣り客によるとそこは通称「松の廊下」、初心者はまずそこ。一人でカウンターに座れるまで三年、ガラス下を指さして「これくれ」まで五年、お母さんにタメ口きけるまで十年。「オレは十五年、五十歳、ようやくこちら側」と言うのは壁側席。してみると私の座るストーブ隣は最上席ですナ。

そこに悠然と白髪福顔の先代お母上が現われて洗い物を始め、「あ、お婆ちゃんきた、看板娘」と隣り客がささやく。御年九十二歳。代々が婿取りの「居娘」でこの家から出たことがない。品書きや酒説明の筆は上品な達筆、「まだいける口」とはさすが代々旧家の酒屋のお嬢様。隣り客いわく「尊敬を一身に集めている」そうだ。

久村の酒場
居酒

「あっははは」聞こえてきた大笑いは松の廊下の奥の座敷の宴会だ。見せてもらった別座敷は格式があり、立派な額が上がる。カウンターに戻り、これもう一杯とストーブの寸胴を指さすとお母さんがにっこり笑った。お母さん、大好きです！

さて翌日はワンタンメン。「酒田のラーメンを考える会」加盟十三店に共通するのは煮干・昆布など魚介系の出汁と、自家製麺率八割の麺のこだわりだ。名店「そば川柳」には、ここのワンタンメンに感動して一日に二回来た椎名誠さんの記事がある。箸で持ち上げる、ぐっしょり濡れたワンタンはハンカチのように大きいが透明な皮はすこしも破れず、まさに「雲呑」。細ちぢれ麺はよくおつゆをからめ、大盛にするべきだったと後悔がわく。あとひとつ、食べ終えたあとの丼の絵がものすごーくカワイイのでお見逃しなく。

御宿「舟勝」の漁師料理

御宿《おんじゅく》の高い崖山に囲まれた小さな岩和田漁港の夕方は、魚競り場のコンテナもきれいに片付き、船の様子を見にきたタオル巻き頭の人はタバコを一服、防波堤には三々五々と夕釣りの糸が垂れ、小さな寄せ波がときどきざぶりと音をたてる。ひなびた小漁港の静かな夕方はいいものだ。

崖上台地の「舟勝」は住宅地の一軒で、植え込みの玄関横に重そうな旧式潜水帽が転がり、横に犬が寝そべって、暖簾がなければ普通の家と変わりない。

「こんちは」

「太田さんいらっしゃい、今日はハナダイとカツオ、アジもいいよ！」

ぽんぽんといきなり本題に入る主人は、朝も夕も海釣りに出て魚を獲ってくる。

「今日はハナダイ五十枚だけだったけどね」

それなら大漁と思うがもの足りないらしい。

「はいこれ」ドンと置いたのは刺身盛り。漁師はなにごともせっかちですぐ出す。御所車に桜満開の派手な大皿に、大葉と大根桂《かつら》剝《む》きを荒磯の波のように仕立て、大漁旗の如しだ。漁師料理にちまちました懐石盛りは似合わない。

その刺身は、初カツオ焼き切り（血の匂い皆無のきれいな赤身）、ホウボウ（しなやか肌の若い甘味）、ハナダイ昆布〆（刺身でもさぞおいしいものを昆布で〆た雅び）、東京湾鳥貝（この大きさと甘味は鳥貝の最高峰）、冬の地タコ（味ののる冬タコを瞬間冷凍しておいた）。以上豪華絢爛初夏の浜。合わす酒は千葉の酒造好適米「総の舞」による御宿の名酒「岩の井」山廃仕込みで言うことなし。

青魚を薬味と叩くのが千葉の漁師料理〈なめろう〉だ。醬油は船上で倒れるとこぼれるので味付けは味噌。船に白いご飯だけ持っていき、このおかずでわしわし食べる。条件は魚の新鮮さだが海の上では生きた魚しかない。

そのなめろうを浅鉢の氷を張った生酢に浸したのが〈酢なめろう〉だ。行くのを知らせておいたのでカウンターにはもう青紅葉を浮かべて置いてある。本来は夏の冷蔵庫がわりの保存用だが、生臭みを酢で殺した旨さに価値がある。「まだダメですよ、あと三十分くらい」と言うのは酢〆の加減待ちだ。

漁師料理は豪快を売りのことが多いが、主人・村山さんは漁師料理の旨さの核心を明確にして洗練させた。なめろうはトビウオ、イサキ、シマアジ、イナダ、ヒラマサなど、どんな魚でもやり、それぞれ「手当て」が変わる。ここのなめろうは焼いた青唐辛子を叩き込み、暑い夏にはじんわりと額に汗吹く爽快な刺激がたまらない。

本日の酢なめろうは「ジンタ」という十センチほどの小アジで、獲ったその日しか食べられないほど弱いが、味は最上という。さあそろそろと箸で切ると、外は酢で白いが中は鮮紅だ。ねっとりの中に酸味、甘味、辛味、魚香が渾然一体を成した小宇宙。アジ食いの私は「ジンタ」の刺身もいただいてみたが、透明清潔デリケートな甘味は

舟勝
舟勝

可憐にして優雅。うーん、これをなめろうにするとは、しちゃうとは。「はいこれも」と渡された小さな〈キンメ切身焼〉は笹の葉で包んで焼いた移り香がすばらしい。「うちの冷蔵庫は目の前の太平洋。養殖魚は皆エサが同じだから同じ味。天然は食べるエサがちがうからちがう味がする」

村山さんは、大手銀行の御宿保養所に板前で入り二十七歳で店を持った。こんな山の上の住宅では（客が来なく）半年もたないと言われたが、釣り客や魚好きで元旦も予約が埋まる。「横着だから休まない（仕事のほうがラク）」と笑う顔は潮焼けして健康そのもの。気っ風は率直明快、ときに鼻唄まじり。奥さんには「閣下、それとって」と声をかける。

地元の常連らしきが一人入ってきた。

「おう来たか！」「来てやった」「寝てられんか」「うるせい」

まるで怒鳴り合いだが「太田さん、この辺じゃ普通の会話、気にしないで」と笑った。

八戸「八戸横丁」は東北の宝

八戸にはその名にふさわしく八つの横丁がある。古い順に、たぬき小路、長横町れんさ街、ハーモニカ横町、ロー丁れんさ街、五番街、花小路、みろく横丁、八戸昭和通り。「ロー丁れんさ街」は漢字では「牢丁連鎖街」。藩政時代の牢屋の場所に、戦後鎖のように飲食店が連なった。とばロの「酔い処 かこい」は若い兄さんの小さな店。八戸前沖・銀鯖の〈鯖しゃぶ〉が旨い。

「おかげさん」は陽気な美人姉妹の人気店。八戸はイカの水揚げ日本一で、午後水揚げの〈PMイカ〉は透明で甘く、コリコリした耳がおいしい。当店名物、南部せんべいにピザチーズの〈せんべいピザ〉は、塩辛・長芋・海苔佃煮などトッピングもいろいろ。冬はカウンター後のコタツ席が特等席だ。

「章《あきら》」は古い横丁飲み屋の雰囲気を残し、今回は、もういつのものかわからないという、長い二匹がとぐろを巻く〈蛇酒〉に挑戦。効きました。

横丁のよさは店の人とすぐ仲良くなれるところにある。八戸ことばの言い換えなどが楽しく、酒場はやっぱり人情だなあと旅気分満点だ。

戦後すぐにできた「たぬき小路」中ほどの「せっちゃん」は、開店四十五年の横丁の生き字引。信頼厚い女将はときに女性の人生相談も受け、言語明瞭お肌つやつや、とても七十代とは思えない。特筆は鯖水煮缶詰でつくる〈せんべい汁〉だ。もののない時代に、なんとかおいしく食べさせようと、捕鯨船団からもらった缶詰を工夫した母の味に涙する。当店の秘訣は茄子。予約してぜひせんべい汁の「原点」を味わってほしい。

建物の風格ならば「八戸昭和通り」奥の、丸太打ち付けの「浅坂」だ。頼んだ大工が凝った店内は、腰板はトウモロコシの皮、天井は細丸太の桟に葦簀《よしず》、カウンターの縁は古竹で囲み、開店三十六年を過ぎてますます風格が出てきた。白割烹着がきまる貫禄の女将会いたさに中高年もカップルもやってくる。優しい味のおでんに〈青南蛮漬〉をツンと利かせるとおいしい。名物串焼きは、たれもおすすめ。

平成に生まれた「みろく横丁」は屋台村だ。満席でも十人ほどの小さなコの字カウンターを囲む、どこも同じ造り。男盛りの気鋭店主も、信頼のカッチャ（お母さん）も、ピンク着物に白割烹着ぴちぴち娘の店もと、いろいろ迷う。全国で屋台村を見たがここほど繁盛しているところはなかった。この八つの横丁をぜんぶ巡るとオリジナ

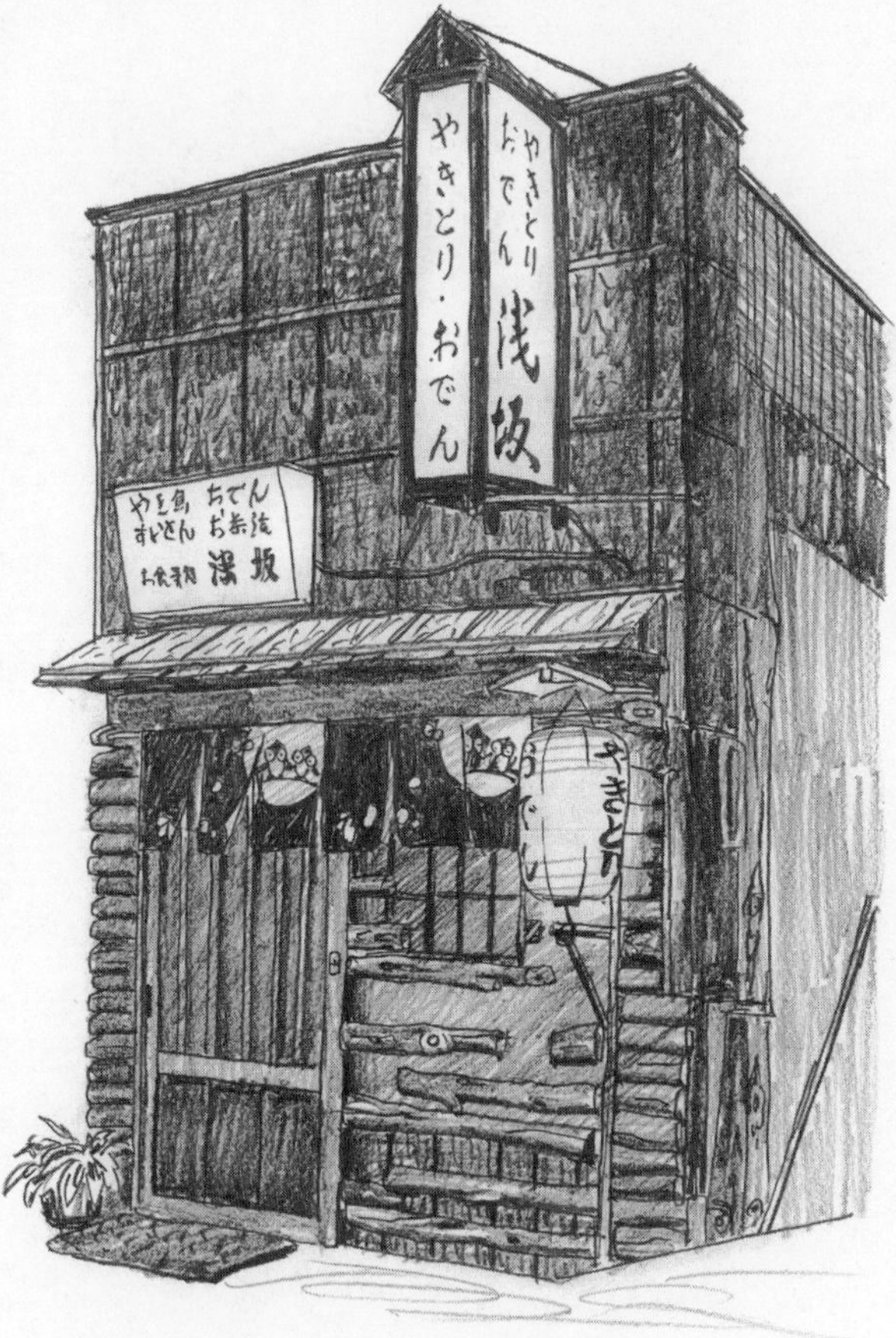
やきとり・おでん
やきとり
おでん
浅坂

ルストラップがもらえるキャラクター「よっぱらいほやじ」が大好きだ。まだ足りない、がんばろう。

JR東日本のポスターに出演を続ける吉永小百合さんが、震災後の東北をどれだけ励ましていることか。飾らない笑顔には大スターとしての社会的使命感が感じられる。その「八戸の横丁篇」ポスターは赤提灯が連なるたぬき小路、テレビCMは長横町れんさ街の「山き」で撮影された。「ここね」という顔で居酒屋玄関を開け、カウンターに座るCMを憶えている人も多いだろう。

小さなL字カウンターの「山き」は銘酒が揃い、並ぶ大皿料理を温めてくれる。小百合さんが座られた椅子は「小百合席」として大切にされ人気だ。ママさんがまた女優顔の美人で、この三月に八戸市がつくった観光ポスター〈八戸で金メダル級の感動を〉に、ロンドン五輪女子レスリング金メダル・八戸出身の伊調馨《いちようかおり》選手と並んでモデルをつとめた。そのポスターにはこう書かれる。

〈2011年3月、東日本大震災。あの日、私たちは多くの被害に見舞われ、たくさんの大切なものを失いました。でも東北地方、そして八戸は、頑張っています。私たちは人の心のあたたかさ、人と人との絆の強さにふれ、そして私たちの宝物をみつめなおすことができたからです――〉

人と人がふれ合い、話を酒を酌み交わし、明日の元気につないでゆく八戸横丁もまた、大いなる宝物にちがいない。

甲府「くさ笛」は理想の旅酒場

甲府駅から少し離れた繁華街の細路地「オリンピック通り」は、昭和三十九年にできたアーケード飲み屋街だ。路地は中でT字になり、その角の居酒屋「くさ笛」のガラス戸は常に開けられ、並行する長いカウンターの縄暖簾ごしに客の背が並ぶ。

「太田さんいらっしゃい、よく来たじゃん」

「お母さん、若いね」

言葉にお世辞はない。開店すでに四十九年。通りができて始めた最古参だ。お歳七十三になられたと言うが、言語明瞭、気配り完璧、自分で染めたという髪も黒々つやつや。今日は手伝いの子がまだ来ないと、座ることなくしゃきしゃき働きまわる。

目の前のざるにはキノコ二種。

「昨日山行って採ってきたけど、雨ぜんぜん降らないでカラッカラ、なんにもないだよ」

健康のわけは、時期には毎日入る山だ。春の山菜、秋のキノコと、秘境・瑞牆《みずがき》山の奥深くに一人で分け入り、雨ならカッパで行く。昨日の山採り〈はなびら茸〉のバター炒めはキノコの味が濃くおいしい。以前春の山菜を、ヨブスマソウ、ヤブレガサ、ハリギリ、イケマなどと教わり、素人には皆同じに見えたのが、天ぷらで食べるとすべて味がちがい驚嘆したことがあった。

初夏に採った山椒の若芽の葉を醤油で煮て瓶保存したのを叩いて豆腐にのせた〈山椒豆腐〉は、高貴な山椒の香りがすばらしい。ではと頼んだ〈しらす山椒〉に出した新しい山椒大瓶の蓋《ふた》が堅く、若い客に渡すと苦もなく開け「お客さん、最後までいて」とお母さん。「そうだよ、今のうち重いもの運んでもらっとくといい」「いいすよ」と笑い合う。

「春鶯囀《しゅんのうてん》て、いい名前ですね」「春のうぐいすのさえずり、甲府の地酒せ」と問答する彼は、夏休みを使って東京から松本にサッカーの応援に来て、くさ笛に寄る夢を果たしたとか。東京に帰る電車を気にしてピッチ早く、名物コロッケをおいしいおいしいと嬉しそうだ。

ここは平凡なカウンター酒場ながら、今は甲府の要職にある人もふくめ常連が長い。以前親しく話した日本銀行の紳士は東京本店に移られたそうだ。

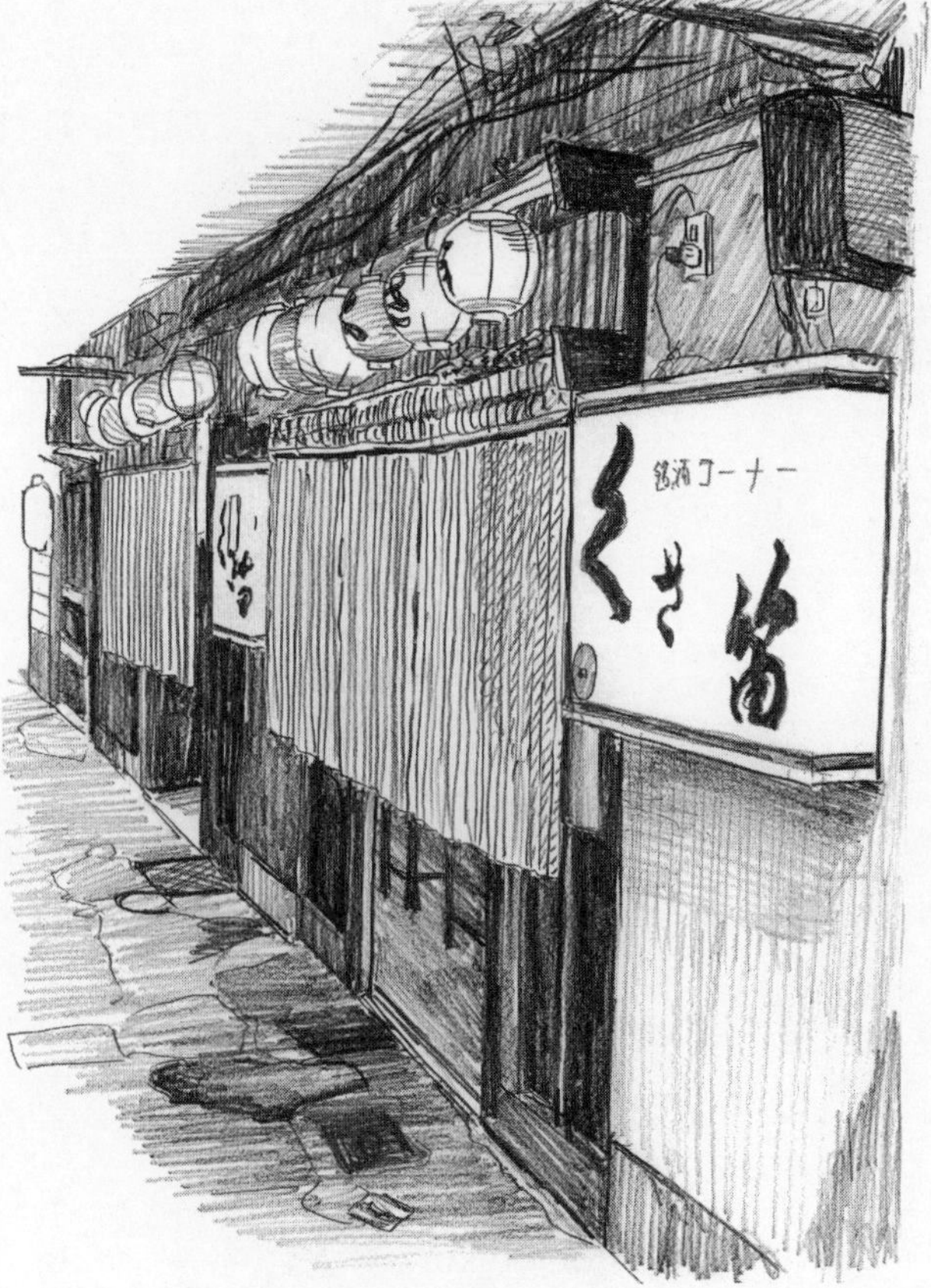
銘酒コーナー

「それだけじゃない、日本中から来てくれるで」

東北の人が「このキノコはウチのほうではこういう名前」と話したとか。JR中央東線の真ん中・甲府の酒場は全国の人の交流点になっている。

地酒「七賢《しちけん》」は自然の清潔な味わいがとてもいい。入ってきたのは常連のようだ。「いつもの髙清水だよね」「うん」のやりとりに、若い客が「自分は秋田出身で親父は髙清水しか飲まなかった」と話し、常連さんは「お兄さん、秋田のどこ?」とひと膝乗り出した。「秋田は酒は旨く女はみな美人、他所《よそ》はおちるね」。お国自慢に「ここにも一人いるよ」お母さんが混ぜっ返し「あ、いけね」と大笑いする。

雑然とした店内はそれゆえとても落ち着く。ずいぶん昔にここを訪れた俳優・南原宏治と並ぶ写真のお母さんは若い。盛大にシミのついた表彰額は昭和五十一年と六十年。〈創業以来の永きに亘り刻苦精励顧客に親しまれ共に歩み……地域社会の繁栄貢献業界の礎と……〉文は大時代だがその通りだ。一介の居酒屋を市が二度も表彰している。

葉しょうが、いか煮、とりもつ、オムレツなど肴は安心できるものばかり。〈山女塩焼き〉にさらに酒がすすむ。

お母さんは夏の白浅黄着物に白割烹着。店に小さく流れ続ける歌謡曲がたまらない。

旅の酒場に、地の肴と白割烹着と歌謡曲は最強の旅情だ。店名「くさ笛」は好きな島崎藤村の「千曲川旅情の歌」からつけたという。

暮れ行けば浅間も見えず　歌哀し佐久の草笛
千曲川いざよふ波の　岸近き宿にのぼりつ
濁り酒濁れる飲みて　草枕しばし慰む

青森「ふく郎」の冬の幸、本番

冬の青森「アウガ新鮮市場」は、腹を割った紅鮭、筋子、タラコ、イクラ、タラバカニ、毛ガニ、津軽海峡本まぐろと赤一色だ。寒い北風の外から入ってきた体が、その眺めだけで温まる。平台にかまわずぶちまけ重ねた売場は旅情と購買意欲をそそる。市場に来ると、知人にクール便で送って中元歳暮の代わりにするのが私のやり方。ここで買うのは最上級のタラコ。本場でケチしてはつまらない。今年も数人に発送、自分用には田子《たっこ》のニンニク大袋二〇〇〇円を買いました。

用事をすませたら居酒屋「ふく郎」だ。冬本番の注文はもう決めてある。

「ナマコと、刺身ちょっと盛り、酒は『愛娘』お燗」

私は冬が来たら青森に行きたくなる大のナマコ狂。ともに陸奥湾に面した横浜と清水川は産地の双璧だ。突き板に墨書した品書きの一枚〈清水川なまこ〉が力強い。むっつり主人が珍しく口を開いた。

「太田さんよかったですよ、今日がナマコ初漁」

おお、あぶないところだった。ガラスケースのバットのをひとつ取り上げてもらうと、まだ八センチくらいと小さく、やがてこれが倍以上に成長する。

届いた小碗のナマコの切り口の鮮やかな藍色よ！　ナマコは断じて茶色ではない、深い深いコバルトブルーでなければ。真ん中に酢橘《すだち》スライス、三方に地物胡瓜《きゆうり》、数枚散らした菊花弁。ナマコの藍を緑と黄が引き立てるひと碗は「海の神秘」だ。

ぬらり、ぽん酢に浸して口に。フレッシュに、ぬる味はまだくどくなく、こりこりの嚙み心地はしなやか、えぐ味もあっさりしているが底にはすでに重厚な苦味が控え、何よりも清潔しなやかな香りが貴重だ。ナマコは薄く切るのが肝要、青光りするのをまとめて何枚もつまみ、こればかりは酒も忘れて至福の時間。「アー」感極まったため息に、主人もお手伝い女性も笑う。ナマコは動かないので産地で風味がちがい、同

青森駅
地酒 地肴
YEBISU
青森市

じ場所でも少し離れるとまたちがうそうだ。

青森は日本海、太平洋、津軽海峡、陸奥湾と四つの海を持ち、東西の外洋は回遊魚が来て、間の海峡は身を引き締め、内湾は魚介を育てる。その「魚のゆりかご」の旬も調理も知り尽くす主人の控えめな品書き〈刺身ちょっと盛り〉は〈ちょっと〉どころか！

本日は、舌ざわりに旨み濃い〈カンパチの子供〉、艶麗な〈宗田カツオ〉は刻み葱が合い、透明感高貴な〈ごま鯖〉は三角厚切り、定置網に入っていた〝一本釣りではないのでストレスがない〟パリパリの〈マイカ〉、ぴしゃりと叩いて反り返った甘味濃い〈つぶ貝〉、繊維が太く甘すぎるほどのぬるぬる〈ホタテ貝柱・貝べら付き〉。そのすべてを引き受けるツンツンに切れるおろしたて山葵とぬるぬるつぶ貝はまさに大勝負だった。

カウンター端の巨大ねぶた頭《かしら》は名人・北村隆の作。ねぶた人形は毎年終わると廃棄するのを勿体なくてもらってきた。明かりが入ってカッとにらむ面を見ながらの酒は青森の旅情がいっぱいだ。奥の座敷にも大きなのがころがって隣に座る人が小さく見える。

素朴な〈茗荷の味噌焼〉がおいしい。津軽漬とも言う〈塩辛昆布〉は、叩いた昆布をカズノコ切れ端やキノコ、正油漬け大根などと粘るまで混ぜたもので、どこの家庭でも適当な具でつくる。主人・佐々木さんは子供のころからナマコ、ホヤ、塩辛でご飯を食べ、毎日塩辛を「かます（かき回す）」のが役目だったと言う。青森の冬の食べ物は「粘り」が主役かもしれない。まもなく開店して二十年。カウンター端は客の持ってきたフクロウ人形が置き場がないほどで外国土産もある。「福が郎党を成す」とつけた店名だったがいつのまにかこうなった。客が土産を持ってくるのは愛されている店の証拠だ。

大きな青いゴム製ふくろうは岩手の女医モモコ先生が持ってきた貯金箱で「場所とるので断ろうと思ったが置いてった」と笑わせる。首を抜くとコインの他にお札もある。隣の女性客が「これに入れると幸せになれる、ってことにしたら」と提案。「それはいい」私が五百円玉を入れ手を合わすと、店の全員が笑った。

金沢　「浜長」は人生のよろこび

金沢は水勢強いおとこ川「犀川《さいがわ》」と、しめやかに流れるおんな川「浅野川」にはさまれて金沢城と名園・兼六園がある。犀川の大正十三年架橋の壮麗な鉄橋「犀川大橋」と、浅野川の大正十一年架橋の三連アーチ石橋「浅野川大橋」はともに登録有形文化財。金沢は川と名橋の町だ。

犀川大橋にほど近い割烹「浜長」も小さな木橋「養智院橋」から玄関になる。下の大野庄用水は犀川から引いた水だ。石段に植え込みの立派な構えなれど気軽にカウンターで飲める私の金沢一の気に入り店。一人だが万一を思って東京から予約しておいた。

「ごめんください」「太田さん、お待ちしてました」

長い黒カウンター端に立つ親方がにっこり笑う。

「寒いですね」「昨日からです」

寒い冬こそ金沢は味本番。解禁になった蟹も、冬の帝王ブリも、甘海老も、がす海老も、なまこも、ごりも、銭菜（山葵葉）も、千枚漬も勢揃いだ。しかしあわてることはない。まずお通し口取りがお迎え。本日は、

・さざえ酢味噌（酢味噌の艶の色気）
・ひとくち焼鯖（みっしりした焦げ風味）
・鰺の千枚寿司（酢〆鰺を千枚漬けのかぶらで巻いた歯応え）
・ムカゴとウニの寄せ物（ムカゴ入りウニの寄せにケシ粒を散らす松風仕立て）

長

・柿の見立て造り（ウニのしみた柿色のうずら卵に、甘酢黒昆布角切りをヘタに楊枝でつないだ柿の見立てもの）

そのすべてを並べた木の折敷の最後に赤紅葉を一葉ふわりと置いた姿は加賀料理の華、精緻な工芸品の如きだ。当店で私愛用の瓢《ひさご》徳利で頼んだ地酒お燗は「黒帯」。ツイー……。

冬に来てよかったなと、しばし料理と酒に専念。

「さ、どうしましょう」口取りの終わるのを待って親方が目をやる小黒板はぎっしりと品が並ぶ。「ウーン、地ブリと……」悩む私に「ヒラメ昆布〆に、がす海老でいかが」うん、それでいい。

「承知！」

出た、親方の「承知！」。早速下駄音を鳴らして包丁にかかる。やがて届いた、器の底に敷いた金網に重なるぴかぴかの刺身のすばらしさ。ブリを立て並べる大葉の下の山は豆腐で、最後にいただくこれもおいしい。

親方の指揮に返事は「はい」ひと言のみの若い衆のきびきびした動きがとても気持ちよい。親方は京都で十年の料理修業を終え、田舎でおでん屋でもやろうと名職人・野村孫太郎にアカ（銅）のおでん槽を特注。当時で三十八万円もしたが、料理の師匠からせっかく修業したんだから一度は料理屋をやってみろと言われ、金沢のビル地下五坪の店を二十五歳で始めた。以来四十年、今や大勢の職人が働く金沢きっての名店だ。

「そのおでん槽はどうなってますか」「勿論とってあります、ここがつぶれたら使います」

あははと笑うが、そうなっても私は通いますぞ。

冬の今は加賀野菜の白眉、蓮根の擂《す》りおろしに葛《くず》打ちした〈蓮根蒸し〉だ。金沢の人は蓮根をよろこび、乳の出がよくなると妊婦に食べさせ、名産地小坂では「新婚、蓮根、生蓮根」と囃《はや》し歌があるそうだ。

百合根、鰻、銀杏を閉じ、上にちょんと山葵をのせた真っ白な蓮根蒸しのもっちりと重厚な味は、ゆっくり食べても、閉じた葛で少しも冷めてゆかない。

奥に座る常連らしき中年夫婦の食べっぷりがいい。今年は三度も入院したが、ここでこうして食べるのを目標に退院できたと嬉しそうだ。親方がお祝いですとワインを注ぎ、次の注文に「承知！」と下駄を鳴らす。

カウンターを埋めてきた男女客は中高年のカップルが多い。夜、夫婦であろうとなかろうと好きな人とおいしいものでお酒が当たり前の金沢は大人の町だ。

会津「籠太」は食と酒の王国

夕方、瓦屋根の門構えに白暖簾が出て、網籠の門灯がつき、玄関までの踏石に置行灯《おきあんどん》が並ぶと「籠太《かごた》」の開店だ。障子板戸を開けた三和土《たたき》で履物を脱ぐ上がりかまちは畳敷き、続く木の床はほんわり温かい。

「床暖房です、うちはスリッパなしです」

夏は逆に、素足で木のひんやりを愉しむ。代々の名料亭を継いだ鈴木さんは、座敷は残しながら一階をカウンターもある居酒屋風にした。

改装は地産材を多用すると決めた。床はセンノキ、机は表面をさざ波に仕上げた栗、腰板は湿気を防ぐ押入れ用の桐、壁は臭いを吸収する珪藻土、カウンターは何年も涸《か》らしておいた杉の、あえて節目板を選び、油気の艶のある大きな節のところは触りたくなる。木で囲まれた空間は空気まで柔らかい。

支度中の大鍋は「まあ、会津の田舎煮ですか、名前はないですね」

指で骨をむしるのは鯖の生利節《なまりぶし》だ。山国の会津は生魚はなく、生利節でじゃが芋や

龍大
龍大

玉葱、磐梯山の笹竹などを煮た。東京の大学を出て京都の料亭で修業した鈴木さんは、会津の郷土料理を古誌で研究し、再現している。「春先はエンドウを入れたりして、子どものころはよく食べたが、今はつくられないのが惜しいですね」むしった大骨小骨を漉し袋に詰めて鍋に沈め「あとはほったらかし」と笑って手を洗った。

さあ酒だ。奈良萬《ならまん》、天明、会津娘、無為信《むいしん》、國権《こっけん》、風が吹く、など銘酒が並ぶ。会津の酒は平成二十四年度に全国鑑評会で最多金賞となった。

かつて地元の日本酒アカデミーに呼ばれた鈴木さんは「中山峠の『ここより会津、酒の郷』の看板が恥ずかしい、日本にもっと良い酒はいくらでもある」と叱咤。その最前列で聞いていた若い蔵人が数年後、鈴木さんに持ってきた「飛露喜《ひろき》」は、たちまち全国の日本酒通に評判を呼び、今の会津名酒を生むきっかけとなった。今日、これ飲んでみてくださいと出した「泉川《いずみかわ》」は柔らかく、切れもあり、それ自体で旨いが食中酒に最適とまったく申し分ない。

会津料理〈にしん山椒漬〉は東京でも見るが、地元のはまったくちがう。身欠きニシンを何日もかけて酢でもどし、山にたっぷりある木の芽山椒で二度漬けしたニシンの背は銀青に光り、身は鮮やかなピンクで「新鮮」と言いたいほどだ。細かく刻んだ根菜やキクラゲ、コンニャクなどを干し貝柱の出汁で煮た〈こづゆ〉は、会津の宴席になくてはならないもので、お椀の蓋にとり、端に口をつけてするする流し込んで何杯もおかわりする。どちらも山国ならではの奥深い料理だ。

新しいものもある。今日は奥様が梅肉と青じそを生サンマで巴《ともえ》に巻いて串に刺すのを続けていた〈生サンマ巻串〉がすばらしくおいしく、手間を見ているとこれで三〇〇円は申し訳ない気持ちだ。かるく塩振りした〈塩豆腐〉は、喜多方の奥の「豆腐屋おはら」を気に入った鈴木さんが、自称〝豆腐街道〟を四十分も運転して買いにいっているものだ。

壁に「會」一文字の藩旗。会津藩士の誇りを持つ鈴木さんは社会改良の気概を持つ兄貴分的な存在で、いつしか生産農家や漁業、畜産者などが客で来るようになった。今日も「ウチの野菜を使ってくれてるんだから食べなきゃあ」と年配客の方がご機嫌だ。その無農薬野菜は一緒に来ている養豚業の方の堆肥で育っているという。地元の常連さんは皆いい顔だ。

ツイー……。

二本目の「凛」が旨い。「できましたよ」と出た椀はさっきの大鍋だ。その味は〝初めて食べるのに懐かしい、究極のほっとする味〟で「お母ちゃ〜ん」と涙が出てきそうだ。日本料理が世界無形文化遺産と言うが、高級懐石ばかりが日本料理ではない。美食とはちがう、これこそ命を育ててきたものだ。

鈴木さんは、毎年イタリアに新ものオリーブオイルを買い付けにいく友人から、スペイン・サンセバスチャン地方の「食による産業振興＝食が栄えると、関連した農業、漁業、畜産、ワイン、観光が振興する」を聞き、会津をそうしようと二十年構想を立てているそうだ。

「会津はおいしいものがいっぱいあるんです、それを掘りおこして食の国にしたい」

その目が輝く。その成果を楽しみに毎年来よう。

小田原　「だるま料理店」の風格

小田原駅から歩いておよそ七分。木造二階入母屋《いりもや》造り「だるま料理店」の一階玄関は、重厚な瓦がずしりと乗る唐破風に懸魚《げぎょ》彫刻は波と菊と鷲、奥は甕割り童子。二階はガラス戸外廊下の広間座敷、大屋根には銅葺き千鳥破風《はふ》が二つ並ぶ。松の老樹と植え込みの中から左右に、おかめとだるまの大石像が顔を出す。これほど構え大きく風格のある料理屋は類がない。

明治二十六年、金沢出身の初代・達磨《たつま》仁三郎は、苗字をだるま大師の縁起にちなみ、屋号「だるま料理店」を開店。大正十二年の関東大震災でその建物はなくなったが、同十五年、網元だった二代目の達磨吉蔵がブリ大漁の資金をもとに、松、欅《けやき》、檜《ひのき》などの銘木をふんだんに使い、贅《ぜい》を尽くしてこの料理店をつくった。現在は国登録有形文化財に指定され、それを示すプレートに〈この建造物は貴重な国民的財産です〉とある。

広い店内がまた立派だ。壁から曲面で四辺を持ち上げた折り上げ格《ごう》天井、丸柱、壁腰板は大きな網代織、菱形桟の飾り障子や経壇窓が格調をつくる。そして名建築だからといって高級割烹ではない町の食堂であるところがこの店のすばらしさだ。

昼どきに一階食堂は、ご近所らしき老夫婦、健康ウォーキンググループ、勤め人、OLなどでほぼ満員。中年ご婦人の多いのがこの店の信用だ。人気は海老一本・魚（本日はキス）・いか・なす・ししとうの〈天丼〉。白ブラウスに紺ベストの女店員は皆様たいへん躾《しつけ》よく丁寧で、お茶は一人客といえども大きな土瓶で置いてくれるのが嬉しい。「おまたせいたしました」。天丼金襴《きんらん》手《で》の蓋《ふた》を取ると裏に「小田原だるま」の大きな字。さくさくさくといただく天丼のおいしさよ。満足してお茶一杯。

壁の額入り白黒パノラマ写真は、昭和三十年四月十四日、相模湾五ッ浦漁場でブリ一網二万八千尾を揚げた光景で、漁船十隻ほどに囲まれた大網には魚がとび跳ねてひしめき、好漁場が目の前の小田原の勢いを物語る。

さて夕方となり再び入店。こんどは酒です。料理は刺身、寿司、天ぷら、焼魚に、茶碗蒸しなどの一品料理もある。まずは〈地魚盛込〉でゆこう。玄関黒板の「本日の地魚」から選んだのは〈あじ・方々《ほうぼう》・さより・羽正《ばしょう》いか・皮はぎ〉の五点。添えた薬味を使い分けた結果は、あじ／生姜、方々／浅葱《あさつき》、さより／大根おろし、いか／わさび、皮はぎ／胆醬油。どれも清潔そのものの甘味がきれいだ。もうひとつの肴は、ご存じ小田原名産かまぼこの〈板わさ〉。私はかまぼこが大好物で駅前に並ぶ有名店のをいろいろ試している。今日も買って帰ろう。

天井高く由緒正しい食堂で一杯やるのは、居酒屋のカウンターとはまたちがう健全な居心地がある。夕方に山歩きを終えたらしい夫婦が天丼を食べている。年配の男性にビールを注ぐ娘さんは親子のようだ。少し開けた玄関戸のまだ明るい外を、学生服が一人は自転車、一人は歩きで話しながら帰ってゆく。

二階の床の間つき十六畳ほどもある広い座敷の上がり口の梁《はり》は太角竹。台所口の幅一尺もある太い横梁、小窓桟の青海波《せいがいは》など建物好きには見どころがいっぱいだ。以前見せていただいた、この本館の二階大広間、隣の別館は、階段も廊下も手洗いも一段と贅を尽くした本建築で目を見張った。

創業百二十一年。ここで結納し、ここで披露宴を開き、子供誕生を祝い、父母の喜寿米寿、また葬儀直会《なおらい》、その後の年祭法事など人生の節目行事に、格があって奢侈《しやし》にすぎない場所が変わらずあるのは、町の安定感になっているにちがいない。

ゆっくり一杯やっていると、外国旅行で連れられたレストランに居るような気持になってきた。ロンドンもローマも初めて案内されるのは大抵こういう安心できる歴史ある店だ。ゆえにここに外国人観光客を案内すると喜ばれるだろう。かつて夏に私は数人と浴衣に半纏《はんてん》姿でここに来て、アメリカ人観光客に興味を持たれ話をしたことがあった。

仕上げは〈鰺寿司〉だ。私は大の「鰺っ食い」。刺身・酢〆・焼き・干物と万能な鰺だが、花形はこれ。皮を剥いた銀肌と血合いの赤が鮮烈な握り寿司に、熱い静岡茶をお代わりしたことでした。

函館　「四季粋花亭」は北海道の星

函館。簡素な構えの店の、三席ばかりの小さなカウンターに座った。主人と話のできるここが私の定席だ。まずは期待のお通し〈前菜盛り合わせ〉から。渋茶色の角皿にひと口盛りを、時計まわりに食べていった。

・豚肩ロースの山葵醬油漬（柔らかい低温ローストに和の辛味が合う）

・独活《うど》皮のきんぴら（極細のしゃっきり歯応え）

・蛸の梅肉和え（梅と蛸は合う）

・いちじくのチーズ酒粕漬挟み（いちじくの実の粒々とソフトチーズが対照的で特に旨し）

・ズッキーニの揚げ煮（ここでさっぱりと）

・セロリの醬油漬（さらにシャキ、振りゴマがきいている）

・トマト豆腐（煮詰めたトマトソースを豆腐と和えて蒸したムース）

・青海苔出汁巻玉子（ただよう海の香り）

・枝豆とチーズの茶巾しぼり（手毬のような白と緑でむっちり）

以上九品。すべて別々の下ごしらえのいる手仕事で、色合いも美しく、味の変化もまったく申し分ない。この皿だけで函館まで来た甲斐があるというのは誇張でもなんでもなく、これほどの前菜八寸は見たことがない。

「準備は大変ですね」

「いや、昼間やっときゃいいんですから」

主人の岩田建一朗さんは料理人を志して十八歳で函館を出て、東京上野の調理人組合を皮切りに料理旅館などながい修業の後、両親のいる地元に戻り、大型トラックのびゅんびゅん走る街道沿いに手づくりの店を開店した。私が初めて入ったのはそのころで、黙々と料理に専念する彼に好感をもった。

そして六年前ここ五稜郭に新店を構えた。表通りを避けて住宅地にしたのは、賑やかなところではしたくなかったからと言う。

〈刺身ひとくち盛り合わせ〉は、アイナメ・ブリ・ボタンエビ・カジカ・ニシン・本まぐろ。すべてピカピカのプリプリだ。ここで言うカジカは岩手以北で捕れる体長五十センチ前後の海の魚で、その味はずばり「力強い」。そのアラを使った鍋〈なべこわしかじか味噌仕立て〉は、「あまりの旨さに鍋を突っついて壊すほど」から名がついた。

「食べますか？」

いやあ、食べたいが量的に一人では無理だろう。

北海道の酒造好適米「きたしずく」を使った純米吟醸「金滴北雫」が旨い。岩田さんは伝統日本料理をもとに地元の上質な素材を工夫して、今までにない北海道料理をつくり出した。良酒で知られる蔵元が訪ねてきた色紙もいくつか飾られ、粋花亭《すいかてい》の名

は東京、全国に知れてきたようだ。平成二十八年、新幹線は函館までつながる。新駅名も「新函館北斗」と決まった。北海道の星よ、さらに輝け！

「さあ、次は何にします？」

次は焼物。〈ソイかぶと焼〉にすると「塩振って焼くだけなんですがね」ともの足りなさそう。しかし、その旨さに悶絶した私でした。

新潟　「酒亭久本」の粋な一杯

新潟古町花柳界の小路を抜けた角に小さな紺暖簾、「酒亭久本」の置行灯《おきあんどん》に灯がともる。

「こんばんは」「いらっしゃいませ」

艶やかな黒髪に象牙色の絽《ろ》の着物は柄の変わり織り、帯も同色に蔦の浮き織り。女将、美樹姐《ねえ》さんは現役のベテラン芸者さん。座敷のない夜はこの自分の店に立つ。ビールをきゅーっとやって、さて。「枝豆はいかがですか、そろそろいいですよ」

ビールに枝豆とは安易と言うなかれ。新潟は、通が待ち望む枝豆名産地だ。

「種類は？」「おつな姫と湯あがり娘、少しずついかが」

茹でたて、まだ熱々の枝豆は運んでくるだけでぷうんと青い匂いがただよう。では。おつな姫は香り青く柔らかいが味はまだ浅い。湯あがり娘は豆に嚙み心地が出て旨みがのる。

「生娘十二歳と十八歳」「あら」

不謹慎な感想に女将が笑う。名品、黒埼の茶豆はこの後、お盆ころから出るそうだ。

「あの味は私」ポンと胸を叩く気っ風の良さ。いいなあ美樹姐さん。

まっさら白木のハの字のカウンター。壁の腰掛は畳敷き、腰壁は割竹で化粧した店内は艶やかな雰囲気で、あちこちに貼った舞妓の豆名札が色っぽさを添える。古町のお座敷は一人ではなかなか上がれないが、その気分を味わえるのがここの楽しみだ。たとえば四角の袴におさまった瓢《ひさご》徳利と盃台つきの盃。片手で袖をおさえるお酌姿はさすがに決まる。

ツィー……うまいのう。

時季の刺身〈アラの薄造りとみる貝〉は涼しげな青磁皿に紅白と肌色美しく、ツンツンに切れる緑の山葵がまた清涼だ。親方・高橋さん六十九歳、花板・伊藤さん六十四歳、練達の料理は安心感があり、初めに出たお通し〈牛蒡《ごぼう》と椎茸煮などの卵とじ／

モロヘイヤと蓴菜《じゅんさい》の牛乳寄せ／生胡瓜と紫蘇味噌〉もすばらしかった。生いわしを塩漬けし、さらにぬか漬けした、一回も火を入れていない〈ぬかいわし刺身〉は赤身もみずみずしく、肴に最高だ。

棚に並ぶ生花は女将の誕生祝いにひいきが贈ったものだ。左右を提灯が固める大額〈祝十五周年記念酒亭久本賛江〉は新潟の神輿会が連名で贈ったもの。さらに祝二十周年もある。

「二十年ですか」「そうなのよ、皆さんのおかげ」

お座敷も昔のようにはゆかないが、新潟花柳界の伝統を守ろうという粋な旦那衆の頼りにするのが美樹姐さんのようだ。カウンター端に置いた手拭い鉢巻招き猫に、お神酒と干魚を上げているのが、縁起を大切にする粋筋らしい。

「こんばんわぁ」「あ、いらっしゃい、上ね」

二階宴席に呼ばれた舞妓さんが二人やってきて、店は一層華やいだ。

酒亭久本
酒亭久本
酒亭久本
酒亭久本

福井「かっぱ」の絶品イカ沖漬け

雪になりそうな北陸福井の夜は早く、やや暗い通りに居酒屋「かっぱ」の明かりが嬉しい。ともかく温まろうと地酒「一本義《いっぽんぎ》」のお燗を注文。すぐに出たお通し〈おでん〉の温かい味の良さ。やれやれとひと息ついて、まずは北陸の刺身だな。「本日のお造り」から選んだ〈しらうお〉は身が太く大きく、きょろりと目が黒いのをぽん酢で。〈かじき昆布〆〉はピンク色に細切り昆布がからみついて味が濃い。北陸名物〈へしこ〉は極薄切り大根ではさむと濃茶色がシースルーでセクシーだ。その味に早くも酒追加。お酌してくださる美人の女将さんに「今、お店に入るところを見かけましたよ」と言うと「あら、外は寒かったでしょう」と気をつかってくれ旅心がなごむ。

一番客で入ったが店は地元客で埋まってゆく。仕事を終えたらしいスーツ三人組の注文に、黒ヘッドバンドのマスターが「コレいらないの？」と両手を上げてカニチョキチョキポーズ。「おおそれそれ」とよろこぶ。先日解禁のカニは、福井の人は「食

べねばならぬもの」のようだ。マスターが「十五分待って」と言うのは、活きカニを注文を受けてから茹でるためだ。

しかし、私の注文は数年前ここでいただいて驚愕した〈イカ沖漬け〉だ。それは獲れた活きイカを醬油に漬けたものとはまるでちがう。

まずその姿。開いた胴の細切りが平皿の茶色のつゆに浸り、緑の木の芽山椒一枚。うかがった調理は、細切りした活きイカをみりんと醬油に一晩漬け、昆布とカツオの出汁醬油に浸し、イカ腑ワタのたれを添える。しなやかな細切りはそれだけでもおいしいが、腑ワタたれをつけるとイカの清潔な旨みに奥深いコクが加わって、クラクラと眩暈をおこすほど旨く、ワイルドな沖漬け筒切りとは異なる気品は、やんごとなき方にも出せるイカ沖漬けだ。

おおげさと言うなかれ、帰る客が「マスター、オレは二回目だけど、沖漬け絶品や、また必ず食べるで！」と大声をあげていた。その旨さに二本目の酒もたちまち減ってゆく。

カウンター上の庇《ひさし》に飾る神明神社の破魔矢は毎年のものらしい。壁には天狗面いろいろ、巨大なカジキ大骨など、いかにも店を楽しんでいる様子で、端にさりげなく地元紙・福井新聞を置くのもいい。

満席になった客の定番人気は、私も注文した大粒ひとつを串に刺した〈にんにく串揚〉でカリッとおいしく、これなら鯵・かき・鱚とあるフライもきっと旨いだろうな。目の前のガラスケースの中に座る人形、亭主はあぐら、カミさんはぺたっと尻を置いた河童の夫婦がいい。お客さんが持ってきたものとか。河童か、何ごとにも捉われない河童的人生もいいかなあと、独り盃を傾けたのでした。

（「かっぱ」は閉店しました）

金沢「大関」の長寿の椅子

通人は京都を避けて金沢に行くと言われるお茶屋文化の町に、市民に愛され続ける居酒屋「大関」がある。創業の平《たい》角太郎さんは明治三十九年生まれ。最初は西茶屋街に店を持ち、十八年後の五十歳のとき、これからは大衆相手と決心し、当時は淋しかった木倉《きぐら》町通りにここを開店。「（座敷でのんびりできる旦那衆とちがい）大衆はせっかちだからすぐ出る料理でないと」と「おでん」を主役に大繁盛。今はこのあたりは金沢きっての繁華街だ。

「こんちは」「いらっしゃい」

開店四時半に入ったカウンター席に、もう独酌の客が来ている。

「はい、はじめだけ」「はい、はじめだけ」

最初の一杯だけはおかみさんの酌がここのお約束、同じ台詞でそれを受けるのも私のお約束だ。湯気を上げるおでんの里芋、串刺しのスジがおいしい。目の前の大きなおでん槽は、スジ専用、おでん各種の大部屋、大根専用、燗付け湯槽の四室に分かれ、燗付け湯は風呂のように徳利が首まで浸かって気持ち良さそうだ。壁のビラ〈感謝デー月曜日はおでん一つ百円（かに面を除く）〉がいい。金沢おでんの名物〈かに面〉は香箱ガニ一杯の身をほぐして殻に詰めた、手のかかるもので一二〇〇円だが、身・ミソ・外子《そとこ》・内子《うちこ》のすべてを楽しめるお値打ち品だ。

金沢には「外で飲む文化」があり、一人でも、数人でも、夫婦も、あるいは粋筋の女性を連れても、気軽に外で酒を飲む。私の隣は女性二人で、これから仕事なのか徳利一本とっての食べっぷりがいい。独酌していた中年男には「五時きっかり」と言って妙齢女性が現れた。いいなあ。後ろの上がり座敷は老夫婦に孫もいる家族連れで「とりあえずおでん」と注文だ。

大関
大関

さて酒もう一本。冬の帝王〈寒ブリ〉と〈バイ貝〉の刺身がおいしい。何度も来ている金沢だが、お茶屋は見学しただけ。しかしこの古い居酒屋もどことはない粋な空気があり、よく見ると座敷も銘木を使った本格だ。

百三歳まで店に出ていた角太郎さんは百四歳と十ヶ月で亡くなられた。店が休みの火曜日におかみさんがホームに見舞いにいくと、いつになく機嫌がよく、同じ日に姉夫婦もたまたま見舞いに来ていた。その夜亡くなられ、看取った看護師さんから「とても安らかでした」と聞き、「店が休みで迷惑がかからない日に呼んだのかねえ」と話したそうだ。

かつて私は、店の玄関の椅子にぺたりと座る晩年の角太郎さんの手を握らせていただいたことがある。ここに座っているのが好きで、金沢の市長や立派な方もひとしく角太郎さんに挨拶をされていたそうだ。

その折畳みパイプ椅子は「長寿の椅子」として座布団もそのままに今も置いてある。あやかって座らせていただくと、尻から温かみが伝わってきた。

4

古い映画を見る

古い日本映画

神保町シアター、ラピュタ阿佐ヶ谷、シネマヴェーラ渋谷、新文芸坐、フィルムセンター（現・国立映画アーカイブ）など、古い映画を上映する映画館は、いま中高年の客でたいへん賑わっている。定年で時間ができ、シニア割引を使えるからと思うが、人気は日本映画の特集上映だ。例えば神保町シアターの「文芸映画特集：中村登と市川崑」「没後十年：木下恵介の世界」「文芸映画特集2：大映の女優たち」など。ほとんどが昭和四十年ごろまでの作品で、常に半分以上は白黒作品。劇場は映写設備もたいへんよく、チケット購入順の入場も守られ、中高年客は観賞マナーがよく、映画を一心に見る。

神保町シアター「文芸映画特集3：五所平之助と稲垣浩」で上映された『無法松の一生』（昭和三十三年・稲垣浩監督）は満員だった。

小倉の俥引き松五郎（三船敏郎）は、学はないが天衣無縫の性格で愛され、軍人の未亡人（高峰秀子）の一子・敏雄を男として鍛えてゆく。しかし自分に未亡人への秘めた愛があることに気づいて一切身を引き、雪の朝、路傍で死んでゆく。残されたわずかな身の回り品に残された、折々に吉岡家から渡された手付かずの祝儀袋、吉岡敏雄名義の貯金通帳を見て未亡人は泣き崩れるばかりだった。

ラストちかくなって私の前に座る男が肩を震わせて泣いているのがわかった。連れの婦人も幾度もハンカチを目にやる。およそ百二十人の客全員が、ひとつの気持ちでスクリーンに釘付けになっている気配が圧倒的に伝わってくる。身分の低い男に純粋な魂があったという人の世の哀しさを描いた物語の完璧な映像化に私も改めて感動したが、その高貴な心をしっかり受け取る人々がいることが私には嬉しかった。

戦後の日本映画は戦争の反省をもとに、人間や、社会や、恋愛のあるべき姿を正面から描く力作が相次いだ。今それらの上映に中高年が集まるのは、新作よりも昔見逃した作品を見たいという欲求ではないか。若き日に胸ときめかせた憧れのスターや心を打つ文芸作品。若いころは働くのに忙しく映画など見る暇はなかったが、やっているのは知っていた、見たい気持ちはあった。それが今できる。

そうして見る往年のスターのまぶしいばかりの美しさ、男らしさ。スクリーンの高峰秀子や岸恵子、久我美子、有馬稲子、岡田茉莉子の美しさに満場のため息がはっきり感じとれ、「きれいねえ」という声がもれる。佐分利信の男らしい風格や、森雅之の陰影ある知性は今の俳優にまったく望めないものだ。「やっぱり映画館で見るとちがうねえ」という声も嬉しい。

そうして受ける感銘のうち、もっとも貴いのは映画に残る古い日本ではないだろうか。今は失われた懐かしい町並み、風俗、山河。貧乏でも家族の信頼や希望のあったころ、生きることに自信を持てた時代、大切と守り通してきた価値、忘れそうになっていた自分がそこにあるのは、自分自身の生きてきた人生の肯定につながる。ようやく暇ができて見にいく映画は、夢や華やかさいっぱいの洋画ではなく、自分たちが苦労してきた時代の貧乏臭い日本映画だった。ニュース映画や記録映画は現実的すぎて見るのはつらい。しかし劇映画はそこに、夢や希望を盛り込んでくれた。その夢や希望は自分も持っていたものだ。

現実の鏡であるテレビにはそのかけらもない。戦後世代が古い日本映画の上映に集まるのはこれゆえだろう。古い映画の価値はここにある。

映画の酒場

映画に酒場はしばしば登場する。赤提灯や縄暖簾、スタンドバーや小料理屋が両側に並ぶ飲み屋小路の縦構図、居酒屋カウンターの内側にキャメラを置いて客をおさめたショットを何回見たことだろう。店の親父が渡す徳利を受け、手酌で一杯注いで考え込む。あるいは連れと自分に注ぎ、一杯飲んでおもむろに切りだす台詞は常に重要だ。

場末のおでん屋台に男二人並べば、必ず本心を吐露し、友情を確認する。銀座のクラブではこうはならない。本音と虚栄、落魄と栄華。酒場により描かれる内容が予見される。

酒がまわってくると、悩みや愚痴、野心や欲望が出てくる。映画はそれを描くものだから、酒という道具を使わない手はない。

「ところで、君の本心はどうなんだ」

「じつは……」

会社や家族のいるところでは出ない台詞が酒場では出る。本音を語らせたいときは酒場を選ぶ。酒場は人物の心の内側を説明する場所だ。無能な上司への批判、失意の友を慰める一杯、行き場を失った男と女がとりあえずたどりつく場所。

酒を飲めば喧嘩もおきる。「野郎、表へ出ろ！」そう、店を壊すな。影のある薄幸そうな美人女将、華のある銀座ママ、それを狙う男たち。映画に酒場が出てくれば必ず話が動く。つまりこれほど人間くさく、映画的な場所はない。

＊

戦後を描くとき安酒場は便利な舞台だ。黒澤明『酔いどれ天使』（昭和二十三年）のマーケットの安酒場で若いやくざ三船敏郎は女将に体を心配される。内田吐夢入魂の『飢餓海峡』（昭和四十年）も、筋とはあまり関係ないが、戦後を描くべく安酒場は念入りに撮影されていた。安酒場には人々のささやかな願いや欲望が渦巻いていた。三十年代を過ぎ経済が復興してくると華やかな銀座バーが登場してきた。豊かさを見せる風俗、文化人や文壇バー。映画産業も黄金時代を迎え、山本富士子、京マチ子、岡田茉莉子、野川由美子、淡路恵子など派手な美人女優は、銀座のママは一度はやってみたい役だったのではないか。

同じ銀座バーが舞台でも成瀬巳喜男になるとやはり彼の映画で、『女が階段を上る時』（昭和三十五年）のママ高峰秀子は、本当はこんな仕事はしたくないという気持ちが美貌に陰をあたえ、色や欲ではなくこの人のためになってやりたい感情をおこさせるのは、さすがに高峰秀子だった。

映画の酒場を描いて第一人者の川島雄三は、有楽町にあった日活ホテルに住み、毎夜銀座のクラブを豪遊。百メートル先の店にはしごするのにもハイヤーを呼んだという。それが銀座酒場の描写に生彩を与えた。階段を悠々と降りてくる紳士は森雅之、山村聡、三橋達也。中村伸郎は育ちの良い二代目オーナー、清水将夫は社長の座を狙う策士、小沢栄太郎は腹黒い小悪党。「あーらセンセ」と迎えるのは淡路恵子、山本富士子、草笛光子。

川島の『花影』（昭和三十六年）は、河上徹太郎、小林秀雄の愛人で、白洲正子の友人でもあった銀座の有名なマダム・坂本睦子の自殺を題材にした大岡昇平の小説の映画化だ。本物紳士やエセ紳士、映画には珍しくインテリのいやらしさがうまく描かれ、文化人と交流深かった骨董商・青山二郎がモデルと言われる佐野周二の役は彼にしては珍しく裏のある人間像だ。ヒロインに抜擢された池内淳子は魅力的な美貌で、飲む真似だけしてほんとは飲まずに一流の男の裏面を見る気苦労を陰影豊かに演じ、社会に地位ある男が血道をあげる銀座マダムに生身のリアリティを感じさせた。

夜の銀座がもっとも華やかだった昭和三十年代に銀座紳士の人気を二分したのが、クラブ「おそめ」のマダム上羽秀と、「エスポワール」の川辺るみ子だ。それをもとに川口松太郎が書いた小説「夜の蝶」は流行語となり、山本富士子、京マチ子をはまり役として吉村公三郎により派手に映画化された（昭和三十二年）。

川島はその前年『風船』(昭和三十一年)ですでに本店京都木屋町の「おそめ」で撮影し、マダム上羽秀自身を出演させている。私は伝説の美貌マダムが見られると期待し、台詞もある堂々たる役に川島の思い入れを感じた。

「おそめ」は各界の大物名士が常連で、川端康成、大佛次郎、井上靖、丹羽文雄、東郷青児、岩田専太郎など文化人、白洲次郎、中曾根康弘など政財界、ジャーナリスト、プロ野球監督・選手などが華やかに席を埋めた。店の裏方を支えたのは後に上羽秀と結婚し、東映仁俠映画の大プロデューサーとなった俊藤浩滋で、常連だった川島を「えらい粋な男だった」と述懐している。

*

酒場好きの私は酒場の場面になると物語を追うのを中断して、どんな店かと内装や品書きを観察する。一杯飲み屋のセットはだいたい同じで、カウンターの中にはおでん鍋、向かい側に机ふたつほど、奥に二畳の小上がり(ここに会いたくない先客がよくいる)、小さな階段を上がる二階の畳の部屋は潜伏や逢引の場所になる。川島は新橋烏森神社前の飲み屋小路が好きらしく何回か使っている。

鈴木英夫の『非情都市』(昭和三十五年)は、野心的な新聞記者・三橋達也が烏森の小さな居酒屋で会社への不満をぶちまけ、新聞記者好きの主人を心配させる。店の貼紙「鯛すき、ふぐちり、蛤鍋」が旨そうだった。

場末の居酒屋であれば美術セットはあまり金がかからないが、一流バーやクラブ、大キャバレーとなると美術監督の腕の見せどころだ。銀座のバーはおおむね英国ハーフティンバーのヨーロッパ山荘風でジョニーウォーカーやホワイトホースが並ぶ。山村聰がホワイトホースを「しろうま」と注文する場面があった。モデルは「ルパン」「ボルドー」「蘭」。なくなった「らどんな」「うさぎ」あたりも参考にされただろう。

日本の町場のバーは明治四十三年、銀座に開店した「カフェー・プランタン」「カフェー・ライオン」が最初といわれ、五所平之助『朧夜の女』（昭和十一年）に「銀座のバーというところへ行ってみたい」という台詞で坂本武が銀座に行き、この二軒はこうだったのだろうと思われる店内が貴重だ。

最近亡くなられた美術監督の巨匠中村公彦は、日活時代の川島作品をはじめとしてクラブや大キャバレーのセットを山ほど手がけた。キャバレーの二階席が取り囲むダンスフロアは、正面の一段高いバンドステージに歌手が階段を降りてくる。フロアを囲んでボックス席、端にバーカウンター。主人公はだいたいここに座り、斜めにフロアを見ながら顔なじみのバーテンダーに「スカッチ」と言って煙草に火をつける。華やかなミラーボールに照らされて踊るセクシーなダンサーをしばらく写し、それを見ていた目線で主人公にパンするのがお約束のキャメラワークだ。監督が井上梅次ならばダンスシーンはながい。

これらの映画は風俗映画と呼ばれるジャンルだ。世相風俗を敏感に取り入れ、職人的手腕で風俗への興味とともに観客を呼び、時代の記録の価値を持ってゆく。映画に必ずおもしろい場面になる酒場は欠かせない。

早田雄二とスターの時代

本誌の編集長から見せられた写真に目が釘付けになった。写っているのは戦後映画界の大スターたちだが、映画好きの私がよく目にしている映画のスチールではなく、個人のプライベートショットばかりだったからだ。これはすべて写真家・早田雄二の撮影したものと言う。

山口淑子と世界的彫刻家イサム・ノグチの結婚式の宴席座敷に招かれた三船敏郎は、隣に座るまぶしく美しい山口に照れたように両膝の間に手を射し込んで座り、三船は人柄は良かったと言われる純な笑い顔がいい。新郎新婦をはさむ正面写真は、媒酌人をつとめた東和映画の川喜多長政・かしこ夫妻と画壇の重鎮・梅原龍三郎夫妻。新婦は映画、新郎は芸術の媒酌人だったのだろうか。

高峰秀子が媒酌の川口松太郎・三益愛子夫妻にはさまれてウエディングドレスで麻布の自宅を出る晴れやかなスナップ。新進作曲家・黛敏郎と女優・桂木洋子の結婚パーティのくだけた席の後ろに立つのは、津島恵子、佐田啓二、高橋貞二。佐田啓二の結婚披露宴スナップの後ろに有馬稲子、淡島千景、久我美子、野添ひとみの超美女が小腰に並ぶのは目がくらむ。池部良の著書『オレとボク』の出版記念会の集合写真は、司葉子、団令子、中田康子、村田知栄子、森繁久彌、フランキー堺、笠智衆、志村喬、田浦正巳、佐田啓二、小泉博、江原達怡、三木のり平などなど、端にしゃがむ三井弘次がうれしい。

スターの映画会社専属制が厳しかった時代に、こういう写真はプライベートでしかありえなかった。見どころは「映画の役」ではない素顔と衣裳だが、さすがはスターの微笑みと身支度。祝い事が多いゆえか朗らかに明るいのが、楽しい時は楽しい顔をするんだと、一層の親近感がわく。

それだけではない。有望な作家・三島由紀夫と、画家・杉山寧の長女の結婚披露が行われた六本木の国際文化会館には川端康成夫妻、また別のパーティの腰をひねってゴーゴーを踊る三島、石原裕次郎の私邸を訪ねたハリー・ベラフォンテとのツーショット、巨人軍ファンの淡島千景が選手を招いた慰労パーティの金田正一や王貞治など、へえ、こういうことがあったんだと興味がわく。リラックスした淡島は煙草を手に笑う。このすべてに同じ写真家がいた。

＊

早田雄二（1916〜1995）は21歳で兄の経営する出版社・映画世界社の写真部に入り、有力な映画会社の専属カメラマンとして撮影所に通ってスターたちを撮影するようになった。戦後いちはやく銀座に「早田スタジオ」を開設。映画撮影所とはちがう、スターのポートレイトをスタジオ撮影するようになった。写真家には、スターの意外な一面を狙ってへんに粘り、自分の作品にしたがる野心家もいたが、早田は「スターはあくまで美しく、魅力的に」。しかもすべての準備を終えて待ち、撮影は十五分もかからない。さらに衣裳や小道具、雰囲気作りや送迎、終えたお疲れ会などに手を尽くし「早田先生なら安心」という絶対的な信頼を得るようになった。やがて私的な集まりにも呼ばれるようになり、こういう写真を残した。この人ならプライベートを撮られてもかまわない。むしろ「先生、一枚お願い」だったかもしれない。

それは「スターのいた時代」の記録でもある。テレビのない時代に、スターは「自分はこういうスター」という存在を維持することができ、銀幕以外に素顔を見ることができない大衆は、邪心なくそれを信じられた。そういう「憧れの人」がいることが幸福だった。亡くなられた原節子こそ「スターで通した人」で永遠にファンの胸に生きている。その時、スターのイメージを定着した「写真」というものが欠かせない。

映画であれば悪役も憎まれ役も、老け役も演じなければならず、監督の厳しい注文もある。しかしスターにとって早田スタジオは「自分の良いイメージを絵にしてくれる」どこか楽しみな時間だったのではないだろうか。

早田写真を見ていて誰しも「当時のスターは大人だなあ」と思うだろう。男は男らしく、女は女らしく、スターが「顔」を持っていた。私が感じるには、そこには単なる甘ちゃんでも、きれいな女の子でもない、職業人としての「大人の厳しさ」が通底し、それゆえにリラックスした表情に余裕がうかぶ。それが美男美女、あるいは人気文化人を越えた人間としての魅力になっている。美人だけのモデルさんとはそこが「全くちがう」。美人ハンサムだけではスターにはなれないのだ。今もそういう真のスターはいるだろうか。

私は生前の早田氏にお会いしたことがある。それはある縁で参加したマラッカ海峡を周遊する数日の船旅の船上で、私が資生堂のデザイナーで女性の広告写真をよく撮影していると言うと興味を持ち「今はどうやってるの?」などと話しかけてくれた。私は若手のカメラマンと組んでいたが、このような大ベテランにお願いするのもありか、と考えたこともあった。「遊びにおいでよ」と名刺をいただいたがそれきりになってしまった。

その人物の良い面を写すのは人物写真の王道だ。スターだから良い写真、良い人間性が写るとは限らない。写真家への信頼が表情に表われる。温厚な早田さんは、何世代もちがう私にニコニコと接してくれた。写真は撮っていただけなかったけど。

女優と酒

映画で男優が酒を飲む場面は普通のことで特別興味はわかないけれど、女優であれば、さてどう乱れるかと見どころになる。

我らが〝あやや〟若尾文子は『東京おにぎり娘』(昭和三十六年)で、頑固な洋服職人の父(中村鴈治郎)を支えようと新橋でおにぎり屋を始め繁盛するが、幼なじみで心を寄せるお坊ちゃん川口浩の気持ちがふらふらしているのが気に入らず、夜ひとり酒を始める。盃からひと口飲んでため息。ふた口飲んでぷりぷり、コップに注ぎ替えてあおり酒。「フン、何よ、あんな男」とやけ酒になり「ひっく」と顎《あご》を振る。あげくはぽろぽろ泣き出して泣き寝入り。キャメラは据えっぱなしで一部始終を写し、あややもワンシーンで通す覚悟の芝居どころ。二日酔いの翌日、昔から忠義な父の弟子で、今は転業して会社勤めの川崎敬三が「お嬢様、だいじょうぶですか」と心配気な顔をする。見ているこちらは「川口浩じゃだめだ、川崎敬三にしろ」とやきもき。最後ははたしてそうなってほっとする。私のごひいき監督・田中重雄は、ここその演出がうまい。

川島雄三の名作『洲崎パラダイス・赤信号』（昭和三十一年）は、腐れ縁の三橋達也と新珠三千代が勝鬨橋を渡って一杯飲み屋に流れつく。勝気な新珠はめざとく「私をここで働かせて」とおかみ轟夕起子に売り込み、二階を借りる。グズな三橋は新珠が客商売を始めるのが心配で「オレが亭主なのを忘れるな」とばかり、隣の布団の新珠に手を出すが「やめてよ！」と拒絶され、フンと背を向けてふて寝するあたりは川島演出の面目躍如。

男好きのする美人はたちまち人気となり、手練手管で客に酒を注いで自分も飲み、酔ってゆくのを三橋は面白くなさそうに見るばかりだ。酔ったフリ、あるいはほんとに酔いながら「あわよくば」をちらつかせ、したたかに客に取り入る新珠は絶妙。その相手が腹の太そうな河津清三郎だからまったくたまらない。

苦労人の轟夕起子は、飲み屋をやっていれば、家出した亭主（枯れた遊び人風情の植村謙二郎絶品）が見つけて戻ってくるかもしれないと一縷の望みを持っている。あるときそれは叶い、改心した亭主との幸せが戻るが、ふとしたヤクザ騒動で亭主を亡くす轟が哀れだった。二階を追い出され、再び勝鬨橋を戻っていく三橋・新珠の腐れ縁同士は一生変わらないだろう。

女優の酔う演技で忘れられないのが『大阪の宿』（昭和二十九年）の乙羽信子だ。重役を殴って大阪に左遷された佐野周二は旅館酔月に下宿する。そこには子持ちの未亡人・川崎弘子（はまり役）、頼りない亭主と別れられない水戸光子（これもぴたり）、アプレの左幸子（演技巧み）の三人の女中がいる。人生にいささか懐疑的になっている佐野は、直情で筋を通すところが大阪の人間にはないと興味を持たれる。「うわばみ」と渾名される新地の芸者・乙羽信子はそんな佐野を気に入り、酔うと下宿を訪ね、そのまま寝てしまったりするが佐野は手も出さない。

今日も酔っぱらってきて、隣の部屋の客（多々良純ぴたり）が嫌みを言うのに酒をぶっかける。その振る舞いに佐野が機嫌を悪くすると、裾をおさめて正座し、深々と頭を下げて出ていく。佐野に気はあるが所詮自分は芸者と自覚する乙羽は、半分びくびくで訪ねていたが、調子にのって叱られわが身の分に気づいたのだ。心配して後を追った佐野に、川のほとりで酔いから醒めた乙羽は「あなたは天上の星のようなもの」とつぶやき、佐野は人生は杓子定規にはゆかない、自分は大阪の人のように現実に足を据えなければと気づく。乙羽の盃の上げ下げは芸者の艶に、女心を気づいてくれないヤケがまじって絶妙。機微を描いて情感を高める監督五所平之助の名場面となった。

女優が盃を手にしたら必ず一芸ある見せ場だ。皆さんお見逃しなく。

わが愛しの東京女優

注文の「東京女優」は難しいテーマだ。ほとんどの女優は東京出身で選択肢にならない。浪花千栄子はすぐ大阪の人とわかるが、そのように画面に登場するだけで東京を感じさせる女優ということだろうか。

戦前の女優で東京を感じさせるのは桑野通子だ。すらりとした容姿に洋装がよく似合い、『兄とその妹』（昭和十四年／監督：島津保次郎）では丸の内の会社のタイピスト。東京の働く近代女性の象徴としてタイピストはよく登場する。『東京の女性』（同年／監督：伏水修）の原節子は自動車会社のタイピストだ。

原節子は『安城家の舞踏会』（昭和二十二年／監督：吉村公三郎）で没落華族の娘を演じ、東京の華族階級のプライドを見せた。『お嬢さん乾杯』（昭和二十四年／監督：木下恵介）では「惚れております」と告白も上品だ。自分を「わたくし」と言う。原節子に「わて（大阪言葉）」は合わない。その名も『東京物語』（昭和二十八年）では小津安二郎は原に東京女性のイメージを託したか。

東京イメージのひとつとして「深窓の令嬢」がある。旧華族出身、女子学習院出の久我美子はピタリ。ある座談会で久世光彦は「（自分は）戦後も疎開した富山に残り、久我美子のような女学生のいる東京にはやく帰りたいと思っていた」と述懐している。久我はお嬢様といっても原節子のように深慮控えめ型ではなく、活発な振る舞いで周囲を翻弄させる。代表作『挽歌』（昭和三十二年／監督：五所平之助）は釧路の多感な文学少女がピタリだったが、東京型のお嬢さんが釧路に、というエキゾチズムもあった。『女であること』（昭和三十三年／監督：川島雄三）も奔放の典型で、大阪から家出してきたという設定が、どこから見ても東京のお嬢さんが大阪型の「遠慮のなさ」を通すところに倒錯的な味があった。『噂の女』（昭和二十九年／監督：溝口健二）は京都の色街が舞台で溝口監督は、久我はそのままでは京女にならないと考えてか、東京の大学で恋愛沙汰を起こして戻ってきた設定にした。東京を舞台にしない映画でも完璧に東京イメージを背負える人で、監督たちはそこに目をつけたのだろう。しかし久我の大阪・京都言葉はいい感じだった。

私がこれぞ生粋の東京の女優と感じるのは高峰三枝子だ。『按摩と女』（昭和十三年／監督：清水宏）で、山道を高峰の乗る馬車に追い抜かれた按摩の徳一は「ありゃ東京の女だね、東京の匂いがする」と言う。目が見えなくても高峰は東京の女とわかるのだ。

高峰三枝子は琵琶の名門宗家の家柄で東洋英和女学院卒。天真爛漫、あそばせ言葉（あそあせ、に聞こえる）が自然な大輪の美貌は、東京のブルジョワ階級がこれほど嫌みなく似合う女優はいないだろう。あまり積極的に働こうとはしない。『暖流』（昭和十四年／監督：吉村公三郎）の大病院院長令嬢はぴったりでピアノも弾き、好きな人の心が自分にないとわかるとあっさり身を引くのも東京上流のプライドだった。『婚約三羽烏』（昭和十二年／監督：島津保次郎）も社長令嬢役で、ハンサム（上原謙、佐野周二、佐分利信）を入社させ次々にデートに誘う。森閑たる自宅洋館に上原を呼び、ホルンを吹かせて自分はハンモックで眠ってしまう。戦後の歌謡映画『懐しのブルース』（昭和二十三年／監督：佐々木康）では没落華族役で、食事に行った麻布辺りの瀟洒なホテルで言う台詞「ここはもとは私の家、あそこが私の部屋」に無理がなかった。『挽歌』では久我美子が心を寄せる森雅之の妻を演じたが、東京出身でたまたま釧路に（あまり気に入らずに）住んでいるとしか見えなかった。『朱と緑』（昭和十二年／監督：島津保次郎）では珍しく大阪の遊び人娘を演じたが似合わず、何かの事情で大阪に来て身を持ち崩している人に見えた。

育ちのよい東京のお嬢さんの代表は香川京子。清潔感が魅力だ。その題名も『東京のヒロイン』（昭和二十五年／監督：島耕二）は、雑誌記者・轟夕起子の妹でバレエ勉強中の役（香川は実際にバレエができる）。おとぼけ編集長・森雅之を翻弄する隠れたる楽しい作品だ。東京下町が舞台の『おかあさん』（昭和二十七年／監督：成瀬巳喜男）の娘役も素直な育ちの感じがよく生きていた。しかし香川は時代劇や社会派など多くの作品に出ており東京イメージだけではない。『東京物語』（昭和二十八年／監督・小津安二郎）では尾道に住む役だった。

東京には妖艶な有閑マダムがいる。月丘夢路は『あした来る人』（昭和三十年／監督：川島雄三）、『街燈』（昭和三十二年／監督：中平康）など、中年紳士をパトロンに持つ銀座の洋装店マダムがこれほど似合う人はいない。『美徳のよろめき』（同年／監督：中平康）のよろめき夫人もよかったが、全体には宝塚出身でやや関西の匂いを感じるのは思い込みすぎか。八千草薫、淡島千景、新珠三千代、有馬稲子などの宝塚組はやはり関西の水で洗われた感じがする。

美人双璧、岡田茉莉子・岩下志麻は京都もよく似合い東京に固定されない。美人ならば司葉子。山陰旧家のお嬢様で、歳ごろになれば当然東京に出てエリート官僚と結婚する（実際そうなった）。銀座の広告代理店で生き生きとクールに働く秀作『その場所に女ありて』（昭和三十七年／監督：鈴木英夫）も、地方旧家で躾けられた芯のしっかりしたイメージを感じた。代表作『紀ノ川』（昭和四十一年／監督：中村登）の舞台は和歌山。『乱れ雲』（昭和四十二年／監督：成瀬巳喜男）は通産官僚エリートの妻だが、事故で夫を失い故郷の青森に帰る。

戦前の松竹作品でお母さん役専門の吉川満子は銀座生まれ。すらりと背が高く着物が似合い、さっぱりとメリハリのきいた立ち居はいかにもわきまえた東京の人と感じる。『朧夜の女』（昭和十一年／監督：五所平之助）の下町の女将はぴったりだ。戦後では沢村貞子が浅草生まれの芸能一家で、やはり世話好きのさっぱりした女将さんが似合い、浅草の気質を感じさせた。

だんだん個人的好みになってゆくが、東京世田谷辺りの育ちのよいお嬢さんだなあと感じるのは渡辺美佐子で、お茶目も妖艶もできて都会的だ。芦川いづみも東京山の手の清潔なおっとり感がある。吉永小百合は女優を続けながら早稲田大学に学ぶ向上心は、東京のお嬢さんに欠けている地方出身者的バイタリティを感じ、映画も『草を刈る娘』（昭和三十六年／監督：西河克己）の津軽、『若い人』（昭和三十七年／監督：西河克己）の長崎、『美しい暦』（昭和三十八年／監督：森永健次郎）の松本、『夢千代日記』（昭和六十年／監督：浦山桐郎）の山陰など、地方を舞台にした作品に個性が輝くように感じる。JR東日本のポスターも、弘前は似合ったが横浜はいまいちだった。

倍賞千恵子は都電の運転手を父に巣鴨に生まれ、松竹歌劇SKDで鍛えられた歌も踊りも一流の人だが、『下町の太陽』（昭和三十八年／監督：山田洋次）や寅さんシリーズで、しっかり者の下町女性がはまり役になった。

浅丘ルリ子は東京よりは横浜《ハマ》が似合う。石原裕次郎に横浜・神戸が似合うのと同じだ。ついでに書けば、東京の似合う男優は佐野周二、森雅之、上原謙あたりの垢抜けた紳士で、地方訛りが合わないことも共通する（大阪弁の森雅之はいやだ）。『挽歌』の建築家・森雅之は釧路に事務所を持つが出身や大学は東京だろう。釧路の文学少女・久我美子はその東京の匂いに憧れたのかもしれない。

題名に東京を冠するのは、まず小津安二郎により意識され『東京の合唱』(昭和六年)、『東京の女』(八年)、『東京の宿』(十年)、『東京物語』(二十八年)、『東京暮色』(三十二年)がつくられた。戦前には『東京の英雄』(十年)、『東京ラプソディ』(十一年)、『東京千一夜』(十三年)がある。

戦後は早い順に『東京キッド』『東京無宿』『東京の門』『東京カチンカ娘』『東京悲歌』『東京のお嬢さん』『東京のえくぼ』『東京の人』『東京暮色』『東京よいとこ』『東京は恋人』『東京の瞳』『東京のバスガール』『東京午前三時』『東京の孤独』『東京警部』『東京べらんめえ娘』『東京夜話』『東京ドドンパ娘』『東京のお転婆娘』『東京おにぎり娘』『東京さのさ娘』『東京丸の内』と続き、『東京エマニエル夫人』『東京チャタレー夫人』もある、東京とつけさえすれば映画のイメージができたのだ。

映画と並ぶ大衆娯楽の歌謡曲も「東京行進曲」「東京ブギウギ」「東京シャンソン」「東京の花売娘」「東京シューシャインボーイ」「東京アンナ」「東京娘」「東京の美少年」「東京ナイトクラブ」「東京だョおっ母さん」「東京へ行こうよ」「東京は恋人」「東京の空青い空」「東京の屋根の下」「東京の灯よいつまでも」「東京の人よさようなら」と、これも数知れないが、いま東京を歌う歌謡曲はほとんどないだろう。

東京を冠した映画題名が四十年代以降少なくなるのは、東京が遠い都会ではなくなったこと、ひとつのイメージでくくれない巨大都市となったこと、「負」の要素もおびてきたことによる憧れの喪失だろう。それにともない東京の雰囲気を持つ女優も意味がなくなった。

最近『東京兄妹』（平成七年／監督：市川準）、『東京夜曲』（平成九年／監督：市川準）、『東京日和』（平成九年／監督：竹中直人）と、久しぶりに東京タイトルが復活したが、これは昭和の東京、もっと言えばそのころの東京を舞台にした映画作品へのオマージュとしてつくられたようだ。いま映画で「東京」を冠するとノスタルジーイメージになる。ノスタルジーの対象になるのは失われたということだ。東京の映画でかつて描かれた女性像もいまは消滅したのだろう。それゆえにすてきな「東京女優」への憧れは永遠だ。蛇足ですが、私の東京女優ベストスリーは、高峰三枝子、月丘夢路、渡辺美佐子でございます。

お好みベスト5

・東京映画ベスト5

『斑女』（昭和三十六年／監督：中村登）

『河口』（昭和三十六年／監督：中村登）

『花影』（昭和三十六年／監督：川島雄三）

『東京湾』（昭和三十七年／監督：野村芳太郎）

『やぶにらみニッポン』（昭和三十八年／監督：鈴木英夫）

『斑女』は和田誠のタイトル画のタワーが東京タワーのスケッチに重なり、路傍でその絵を描いている山村聰がフレームインするしゃれた出だし。どのカットも東京タワーを画面に入れるようにした東京タワー映画。『河口』は銀座・有楽町ロケが充実。『やぶにらみニッポン』は東京オリンピック前の喧騒の東京のドキュメントともいえる。『花影』は麻布一の橋あたりの川沿いが舞台のようだ。『東京湾』の白黒でとらえた湾岸風景もいい。

・隅田川映画ベスト5

『流れる』（昭和三十一年／監督：成瀬巳喜男）

『恋化粧』（昭和三十年／監督：本多猪四郎）

『二人だけの橋』（昭和四十三年／監督：丸山誠治）

『噂の娘』（昭和十年／監督：成瀬巳喜男）

『洲崎パラダイス・赤信号』（昭和三十一年／監督：川島雄三）

『流れる』のタイトルバックはずばり隅田川で流れる音楽もすばらしい。こちらと川向こうは映画の主題とも言える。『恋化粧』は隅田川を上下するポンポン船の船頭が池部良という隅田川映画。『二人だけの橋』とは白鬚橋のこと。『噂の娘』は水上バスが清洲橋をくぐるシーンが重要。『洲崎パラダイス・赤信号』のトップとラストは勝関橋。川と橋は映画的な場所で、隅田川は戦前戦後を通じて日本映画の中心のロケ地といえ、いくつもの既視感がある。

・江戸のヒロイン・ベスト5

『西鶴一代女』お春・田中絹代（昭和二十七年／監督：溝口健二）
『次郎長三国志』投げ節お仲・久慈あさみ（昭和二十八年／監督：マキノ雅弘）
『斬る』田所佐代・万里昌代（昭和三十七年／監督：三隅研次）
『濡れ髪牡丹』清見潟のおもん・京マチ子（昭和三十六年／監督：田中徳三）
『幕末太陽傳』女郎こはる・南田洋子（昭和三十二年／監督：川島雄三）

封建の世に変転する女の運命を描いた『西鶴一代女』は日本映画の代表的ヒロイン。『次郎長三国志』の投げ節お仲は粋で色っぽく男をたてる理想の女。『斬る』で弟の追手に「情けを知れ！」と全裸で立ちはだかる万里昌代の鮮烈な姉。『濡れ髪牡丹』はタカビーな女大親分・京マチ子が調子のいい市川雷蔵にしだいに骨抜きになってゆくのがヨシ。『幕末太陽傳』の張り合う花魁、南田洋子と左幸子の壮烈な取っ組みあい長廻しこそ、映画史に残る女の大喧嘩シーン。ワタシは南田派ですナ。

・幕末明治ものベスト5

『暗殺』（昭和三十九年／監督：篠田正浩）

『その前夜』（昭和十四年／監督：萩原遼）
『樋口一葉』（昭和十四年／監督：並木鏡太郎）
『白鷺』（昭和十六年／監督：島津保次郎）
『夏目漱石の三四郎』（昭和三十年／監督：中川信夫）

司馬遼太郎の短編「奇妙なり八郎」を原作とした『暗殺』は、適役・丹波哲郎を得て篠田正浩のモダンな演出が冴えた。山中貞雄の遺稿「木屋町三条」をもとに追悼作品としてつくられた『その前夜』は、幕末の市井の雰囲気を生活感ゆたかに描いている。『樋口一葉』は明治の時代の空気をしっとりと伝えてすばらしい。泉鏡花の『白鷺』は美術考証・小村雪岱《せったい》、台詞・久保田万太郎と万全のスタッフ。『夏目漱石の三四郎』は明治のモダンな側面が描かれ、八千草薫が輝くばかりに美しい。

5

一人を愉しむ

二足めのわらじ

私の本業はデザイナーだ。大学を出てすぐ銀座の資生堂に入りデザインを二十年続け、仕事は充実していたが、何かもうひとつ飛躍をしたくなり退職独立することにした。

すべてを自分の時間として使える嬉しさ。始めたデザイン事務所は簡単には儲からなかったが、かねてより興味が深まっていた居酒屋行脚は「居酒屋研究会」なる組織に発展、発行していた会報「季刊居酒屋研究」は大手雑誌に連載となった。

本業のデザインとは別に、何か書いてみたい気持ちは昔からあり、そのうち書き下ろし本なども頼まれ、文章を書くおもしろさ、難しさに力が入っていった。

そこへ来た仕事が、平成五年「小説新潮」の「ニッポン居酒屋放浪記」だ。当時四十七歳。ヨーシ勝負はここだという意気込みで、日本中の居酒屋を踏破するという大望を抱いて出発。はしごにはしごを重ねる体力もあった。三年の連載後に出版された三部作「立志篇・疾風篇・望郷篇」はいわば私の出世作となり、デザイナーと物書きの二足のわらじの始まりとなった。

それから十七年後の平成二十二年、「サンデー毎日」の「ニッポンぶらり旅」はその続編のつもりで連載を始めた。

「放浪記」は痛快な飲み歩きをやってやろうという、若い同行編集者とのかけ合いの「珍道中もの」だったが、今度はもうあまり無茶もできない年齢六十四歳の、己が身だけの「一人旅」。相棒のない旅をどう書くかが課題と感じたが、ナニどうせ最後は居酒屋に入ってしまえばこっちのものという心算もあった。

いつかは週刊誌の連載をしてみたいと思っていたのでながく続けたい。ロングランものはさりげなく始めるのがよいだろうと旅先を選び、開始冒頭の一行を練ったのを憶えている。始めてしまえばすぐに慣れた。どのくらい取材すればどのくらい書けるかの見当もつき、一人旅のコツも醍醐味もわかった。

気がつけばかつての志「何かもうひとつの飛躍」は「旅の居酒屋歩き」だった。

息抜きは自炊

事務所で一人、朝から夜まで仕事をしていると、昼夜の自炊がよい息抜きになる。昼は麺。もっとも多いのはパスタで、ニンニク・鷹の爪・アンチョビの三種の神器をベースソースに、アスパラと剝きエビ、玉葱とツナ、トマトとひき肉、ほうれん草とベーコン、小松菜とホタテなど、野菜と何かの組み合わせを楽しむ。ぐるぐる回転させるチーズおろし器でパルメジャーノを振って、ぱくり。パスタってほんと簡単でおいしいですね。

うどんは箱で取り寄せる徳島半田の乾めんを常備品に、旅先で買った氷見うどん、いただきものの稲庭うどんが加わる。一時間ほど前から昆布を水に浸けておき、カツオ節で出汁をとればおつゆはでき上がり。熱々に葱を山のようにのせてつるつるつる。飲み過ぎた翌日は、おつゆたっぷりのにゅうめんが腹に優しい。とろろ昆布を入れるとさらに優しい。同じく半田の徳島ラーメンは小松菜とハムをのせるとラーメンらしくなる。スープにおろし生姜を入れるのがコツだ。食べ終わるとなぜか「アー」と言う。

夜はごはん。豆腐と葱の味噌汁は定番で、豆腐はいつも「絹」。葱は分葱や九条葱のように青みの多いものを斜めにザク切り。味噌は信州の妹から送ってもらっている。スーパーで買った安いまぐろ赤身を、柚子胡椒を溶いた醬油でヅケにしておき、丼の熱々白ご飯に乗せ、もみ海苔を振りかけて、わしわしわし。合間にきゅうりのぬか漬けをぽりぽり。最後は熱いお茶をかけるとまぐろが瞬時に白くなる「まぐろヅケ茶漬け」で〆る。

「あー、旨かった」と台所に運び、ちゃちゃっと洗っておしまいです。

そうして待望の夜の晩酌タイム。夜十時ころ家に帰り風呂を浴びてから、ビール↓日本酒と進む。日本酒は年中お燗だ。肴は、しらす、じゃこ、焼海苔、納豆、味噌きゅうり、生ハム、チーズの味噌漬などあまり腹にたまらないものにして、お銚子二本も飲めばご機嫌でオヤスミとなる。そう、「酒は百薬の長」。これを実践しております。

真空管アンプでレコード

ずっと机に向かい、頭が疲れてきたときの気分転換はレコードだ。

若いころからなけなしをはたいて買い集めたレコードは八百枚くらいになっていたが、ステレオが壊れてから死蔵となっていた。六十歳還暦を誰も祝ってくれないので、自分へのご褒美として新しくオーディオセットを購入すると決め、知り合った専門家に機種を選んでセットしてもらった。

世にオーディオマニアは多く、二〇〇万円、三〇〇万円は普通というが、私はとてもそんなことはできなく、予算はプレイヤー、アンプ、スピーカー一式で二〇万。彼は、少し足りないけれどまあいいだろうと、実力のある旧型などを集めた実質三〇万が仕事場に揃えられた。

そのセットは仕事机に置いた。こうすれば聴きたいとき、文字通り手を伸ばせばそこにある。さらにレコード盤は背中の棚の目の高さに横並べした。これは大切なことで、しゃがまないと見えない低い位置だと、つい億劫になる。座る回転椅子を回すと後ろにはレコードがずらり。そこから抜き出し、目の前の机にはオーディオという最高の配置になった。

今や音楽は耳にイヤホンを突っ込んで聴くものになったようだが、私は音楽は空中を伝わる音波、つまりスピーカーで生音を出して聴きたい。借りている仕事場は幸い半地下であまり外に音がもれない。それでも設置したとき、ボリュームを上げておいて、上の大家さんに確かめにいくと何も聞こえないそうで安心となった。

君にはこれがいいだろうと選んでくれた真空管アンプで聴くレコードの、温かく柔らかな音色にすっかり魅せられてしまった。同じアルバムをCDとレコードで聴き比べると、デジタルは澄んでいるが冷たくクラシックに向き、レコードは肌合いが温かくジャズに向く。よく聴く女性ジャズボーカルは、声が主役だけにとくにレコードがいい。やはりアナログ再生を想定して録音したのだろうか。

まわり続けるレコード盤は、ここから音が出ているという実感がある。CDは聞き流すがレコードはきちんと聴く。目で見えるアナログ機械はいいものだ。さらに真空管アンプの機械としての魅力にとりつかれた。スイッチを入れると、肌に血が通ったようにぼおっとオレンジ色が灯り、やがて鉄の箱が熱を帯びてくる。のぞき窓をペンライトで照らすと真空管はロシア製だ。聴く三十分ほど前から温めておくとよいと言っていた。専門雑誌を見るとさまざまな真空管アンプが写真で紹介され、真空管が裸で並ぶものなどエロティックと感じるほど魅力的だ。

それ以来、聴くこと聴くこと。遠慮なく音を出して聴ける環境はまことに有り難く、日中はクラシック、夕方は中南米音楽、夜はジャズ、深夜は歌謡曲。

中古レコード店を歩くのが趣味になり、今や千三百枚はあるだろう。おもに集めているのは五十〜六十年代の女性ジャズボーカルだが名盤は買い尽くした。

昔は一時間も二時間も一心不乱に原稿を書いたが、それは質的に能率が悪いことに気がつき、今は筆がのっていても三十分も続けたら意識的に止めて音楽を聴く。右脳が情緒で左脳が論理だったか、文章は論理ゆえ、音楽は確実に理屈で固まった頭をリフレッシュさせてくれる。いよいよ能率が上がらなくなった夜九時ころ仕事を終え、一、二枚レコードを聴いてから家路につくのが習慣になった。

今日も今からそうしよう。

東京の歌謡曲

昭和の歌謡曲が大好きだ。深夜に一杯傾けながら聴く歌謡曲は最強で、聴くたびに心の肺腑をつかんでやまない。その良さはノスタルジーにあり、自分の生きてきた人生の肯定につながる。

平成二十五年、願ってもない企画が持ち上がった。それは歌謡曲を書いた章もある私の小著『居酒屋道楽』とセットで、自分の好きな歌謡曲ベスト一〇〇のCDアルバムをつくるというものだ。こういうアルバムは各社から手を変え品を変えて何種も発売され、私もいくつかを持っていたが、発売元ビクターの担当者によると、ビクター、コロムビア、テイチク、キングなど版権所有会社が、自社の曲を主力に他社からも借りて編むのだそうだ。聴く側はどこの版権であるかは関係ないのでありがたいが、会社は変われどほぼ同じ内容が重複し、私の思う名曲が入っていないのが不満だった。

要は選曲だ。まず訊いた。

「ひばり、裕次郎は使えますか？」

「制限があります」

「ちあきなおみは？」

「交渉です」

この三人なしでは成立しない。ビクター専属ではないひばり、裕次郎は各三曲、ちあきなおみは一曲となった。その上で私の思う名曲を選んでいったが、五枚組・一万円するものだからあまりに個人趣味では売れない。「大方の期待に手堅く応えつつ、今まで収録されていない隠れた名曲をちりばめる。ヒットした代表作よりもじつはこちらが名作を選ぶ。演歌は入れない」という方針にした。

ひばりは三曲ならば、もちろん「川の流れのように」ではない。収録したのは「私のボーイフレンド」「あの丘越えて」「チャルメラそば屋」と聞けばわかる人は膝を打つはずだ。またこういうアルバムには当然入る有名歌手でもまったくはずした人も多い。その百曲をすべてここに書き出したい気持ちだがそうはゆかない。

はじめに予想した通り「東京」を歌う曲はいちばんのボリュームになった。タイトルがつくだけでも「東京ナイト・クラブ」「東京ドドンパ娘」「東京の屋根の下」「東京の人」「東京の人さようなら」「東京ブルース」「東京の椿姫」「東京パソドブル」「東京の花売娘」「東京ナイト」「東京アンナ」「東京の灯よいつまでも」「すばらしい東京」「若い東京の屋根の下」の十四曲。「銀座カンカン娘」「銀座九丁目水の上」を入れれば十六曲になる。

戦後の出発とともに歌謡曲でもっとも歌われたのは「東京」だ。あこがれの東京「東京の屋根の下」、魅惑の東京「東京ナイト・クラブ」、東京の陰影「東京ブルース」。歌謡曲で東京の風俗史が書ける。

選曲以上に力を入れたのは百曲すべての解説だ。

かねがね私は音楽についての本を書きたいと思っていたが、音楽はそれを聴かないことには文を読んでも始まらない宿命がある。そこにCDがあって、聴きながら読めるこれは理想の発表媒体。この機会こそ待ちに待った念願だ。内容は何年何月発売ヒット何万枚などのデータではなく、クラシックやジャズのレコードには必ずつくライナーノートと同じ、その曲の音楽的魅力の解題だ。

数々をクリアして最終的に百曲が決まり、タイトルは『太田和彦　いい夜、いい酒、いいメロディ　魅惑の昭和流行歌集』となった。

思いを込めたアルバムの最後、百番目の曲は、敗戦後の復興が一段落して高度成長経済が始まる昭和三十九年、東京の光彩がひときわ輝く東京オリンピックの年に発表された「東京の灯よいつまでも」に決めた。

1

雨の外苑　夜霧の日比谷
今日もこの目に　やさしく浮かぶ
君はどうして　いるだろか
あゝ　東京の灯よ　いつまでも

2

すぐに忘れる　昨日もあろう
あすを夢みる　昨日もあろう
若い心の　アルバムに
あゝ　東京の灯よ　いつまでも

3

花のくちびる　涙の笑顔
淡い別れに　ことさら泣けた
いとし羽田の　あのロビー
あゝ　東京の灯よ　いつまでも

場所を織り込んだロマンチックな詞（藤間哲郎）、雨の東京をゆっくりドライブするような安定感のあるメロディ（佐伯としを）、粘っこいコブシを聴かせた絶妙の節回し（新川二朗）、ジャンとあっさり終わる最後。東京はここまでよくなったよと言うように甘い魅力を歌った、これこそ東京ソングの決定版だった。

病気自慢

五十代も終わるころ、内視鏡検査で大きなポリープがみつかり切除した。病理検査の結果、大腸ガンと判定され、ポリープから内部に転移している恐れがあり入院手術となった。手術は腹腔鏡で行われ、腸を何センチか切り、検査したが転移は認められずほっとした。およそ一ヶ月で退院したが、向こう五年間は年一度、再発を検査し、五年後に何もなければ完治と言われた。その五年も過ぎてなにごともなかった。

しかし年一度の検査入院は大切と思い、今年は自主検査入院した。若いころからこれという大病はなく、人生の幸不幸は平等にあると思っていたので、何かあるときは大きいぞと覚悟はしていたがそれが来たのかもしれない。でもまあ、たいしたことはなかった。

当たり前だが、退院後は体に気を配るようになり、まずは節酒。週二日の休肝日を守ることにした。はじめは慣れず、眠りにつけなかったが、しだいに翌日の爽快感を知るにおよび、あまり苦しくはなくなってきた。二日連続が効果的と言われたが、そううまくはいかず、とびとびの二日休みが多い。日曜はほぼその日にあてる。

休肝日翌日は酒が旨いかと思ったが意外にそうでもなく、酒はやはり習慣性で、ある程度飲み出してからのほうが旨いことも知った。

居酒屋の本を書き、テレビに出たりもしているためか、知らぬ人から声をかけられることがある。病院の待合室に座っていると、「太田さんですね」と声をかけられ「やはり、肝臓ですか」という顔をされ、その場を離れて座った。病院で声をかけられたくない。

仕事柄(?)糖尿病も心配で、二ヶ月に一度検査に通い、数値の上下に一喜一憂している。脂肪をとらないように気をつけ、フライやコロッケなど揚げものは自らに禁じた。しかし年一度、大晦日の日だけは揚げもの大会と決め、牡蠣フライや鰺フライをいっぱい揚げてもらう。風呂からあがり、ビールを注ぎ、台所からジャーと揚げる音が聞こえてくると、ああ今年も終わるなと思うようになった。ブルドックのウスターソースが大好きで、ある大晦日にそれがないことに気づき、着替えてスーパーに走ったこともあった。

病気はいやだ。気持ちも沈むし、第一苦痛だ。まわりに迷惑もかける。生死がかかったら落ち込むだろう。しかしそのときは必ず来る。日々摂生するしかない。

――病気についての原稿を頼まれて書いたらこんな平凡なものになった。でもそうだろう、お殿様でも庶民でも病気はみな平等。かかった人は同じことを考える。歯医者に行けば、威張っている大物政治家も、美貌の女優も、強面ヤクザも、等しくでっかい口を開ける。病気は平等だ。

一人バザー

使うあてもなくたまってしまったものを整理しよう、という提言記事をよく見る。衣類、記念品、引出物、本、食器などなど。私も手を付けねばならないが、戦後の物のない時代に育った身は、まだ使える新品をゴミにして捨てるのは抵抗がある。勿体ない。

ある日、マグカップ、耐熱ガラスポット、トートバッグ、ポケットトレインコート、文庫本、女房提供の化粧品サンプル、ブランド石鹼、化粧ポーチを「TAKE FREE ご自由にお持ちください」と書いた段ボール箱に並べ、仕事場の外の通りに置いた。夕方見に出るときれいになくなって、誰かが使ってくれると思うと嬉しくなった。以来味をしめ、ときどき「一人バザー」をやっている。

これにはコツがあり、新品の包装はそのまま、衣類はクリーニングから戻ってきた状態で出す。そして「手書きメモ」をつける。たとえば「ドイツで買ったマグカップです　未使用」とか「アイスティーや麦茶を、このまま冷蔵庫に」とか「人情が泣かせる時代小説」とか。最大のポイントは、並べたら、気になっても絶対見にいかないこと。人は見られていると持ってゆかない。

置くのは、よく晴れて散歩でもしようかなという休日がいい。私の仕事場は住宅地で人通りが少なく、物色する恥ずかしさがないのも「よく売れる」原因かもしれない。先日の五月連休は午前中に出し、昼過ぎに外出のとき見ると、隣に誰かが同じ趣向で箱を置いていた。「へえ」としゃがみ込み、あっさりした絵の男ものの扇子をいただいた。この夏はこれを持って歩こう。どなたか存じませんが、ありがとうございました。

掃除

自宅から仕事場に向かう朝の道に、大きなポリ袋と長いトングを手にゴミ拾いをしている女子高校生らしきが二人いた。「ゴミ拾い、えらいね、ご苦労様」と言うと「ありがとうございます」とにっこりしてくれた。

さらに先に「町をきれいに」のたすきを肩掛けした老人二人が、黙々とゴミ拾いをしている。歩道橋を越えた先の小さな会社の玄関前で、社員らしき男がちりとりを手に道を掃き、上着の上役らしきは、しゃがんで玄関のガラス戸を拭いている。よい会社かもしれない。通勤路はゴミがないなと思っていたが、掃除をする人がいたのだ。

私の知る宇都宮の居酒屋主人は、市内の川の土手道を毎朝愛犬と散歩していたが、見えるゴミだらけの川が嫌だと、袋を手に犬と川原に下りて掃除を始めた。袋はひとつでは足りず、やがて放置自転車を上げるなど大作業になった。半年もすると川は目立ってきれいになり「日課と思えば楽しいですよ」と笑っていた。

夏、町の青年が川原でのコンサートを企画して市に申し出ると即座に許可がおりた。

居酒屋主人の川掃除をじっと見ていた市職員がいたのかもしれない。その後、川へのゴミ捨てはなくなったという。毎朝の通勤で橋を渡る人は、きれいな川を見て心を清々《すがすが》しくし、働く意欲をわかせていることだろう。

サッカー・ワールドカップで日本は敗退したが、試合後の応援団のゴミ拾いが称賛されたという。しかしインタビューで「こんなこと何でもない、それより勝ってほしい」と率直に言っていたのがいい。

町や川を掃除する人は、人の心も掃除してくれている。

そうめん三昧

食の進まない盛夏はそうめんの出番だ。私がいつもつくるのは――

鍋の水に煮干を張って一晩おき、醬油・鷹の爪・ごま油でひと煮立ちしてかけ汁をつくる。茹でそうめんを水洗いして丼にとり、温かいかけ汁をぶっかけ、刻んだニラを薬味に散らす。汁はひたひたくらい。そのぶん、味を濃くする。

これは旨いですぞ。冷たいそうめんに熱い汁がかかって生温かくなるのが食べやすく、粗野な感じの煮干出汁に濃厚な辛みとごま油がコクをつける。ゴマ油よりもラー油を使えばさらによく、最近多い「食べるラー油」は複雑な香辛料の香りが一層豊かになる。刻み茗荷や生若布を入れるのもいい。

ヒントは本で見た香川の郷土料理「なすびぞうめん」だ。皮に包丁目を入れた茄子を油で炒め、いりこ、唐辛子と醬油を加えて水をひたひたに差し、茄子をやわらかく煮る。そこに水洗いしたそうめんを入れ、煮汁をふくませる。その簡略版だ。麺は徳島半田の中太手延そうめんがいい。

一方、揖保《いぼ》の糸や三輪素麺などの極細は、シンプルなつゆでさっと食べるのがよく、薬味は刻んだ青じそ、つゆに柚子胡椒をたっぷり溶き入れるのが好みだ。

福岡のある居酒屋でシメにとった、あっさりしたおつゆたっぷりのそうめんに、大きな梅干しを乗せた「冷やし梅そうめん」は酸味がよく、これもときどき真似している。輪切りのスダチを何枚も浮かべると、見た目も涼しく、香りも断然よい。

あの手この手で、そうめんを食べているうちに夏も終わる。

そば打ち体験

そば打ちをしてみませんか、と案内されたのは築地本願寺ちかくの「寒山拾得　築地そばアカデミー」。寒山と拾得は唐の飄逸《ひょういつ》な僧でよく画題になる。そこにアカデミーとつけたのが面白い。学長の井上明さんは恰幅よく、蕎麦の実のようなくっきりした目だ。

「まったく何も知りません、よろしくお願いします」

「そのほうがいいんです、まず一回見ていてください」

まず「打ち」。

そばの粉をわずかな水で練りはじめて玉になるまで一気呵成《かせい》で手が放せない。まず道具をひとつずつ手の回りに並べる。小さなデジタル秤で「今日の粉の加水は三九・五パーセントです」と水の量を一滴単位で正確に準備する。粉をメッシュ何号とかのフルイで振って準備完了。大きな漆塗りのステンレスこね鉢に生粉打ち一〇〇パーセントの粉が入って「水まわし」だ。井上先生の「水まわしは哲学的」という独り言が印象的だ。水を振り、両手の指を大きく広げ素早くかき混ぜる。「一気にかきまわす、動きはトルネード」と説明を加えつつ、やがて円錐のきれいな玉になった。

次は「のし」。

のし棒を操り、「厚みゲージ」で厚さを確認しながら丸から四角に生地が広がり、折り畳んで「切り」に入る。コマ板を当てながら大きなそば切り包丁でギッ、ギッと切り進み、ある程度束になると打ち粉を振るい落とし、舟（木箱）に並べた。

その姿は男の渋い美しさ。さらさらとつかみどころのない粉でしかなかったものが、およそ二十分後には物質感をもって横たわっているのは一種の秘術を感じる。井上先生はその秘術を勘や感覚ではなく、分量、時間、力、手さばき、厚みゲージなどすべてを精密に数値化し、その通りにすれば間違いなく良いそばになるようにした。理詰めの説明を聞きながら見ていると深く納得できる。

「今世界のエリート層は日本食ブームですが、そばは最後の神秘と思われているようです」井上先生は英語も堪能で、外国人の入校者もとても多いそうだ。

「さあ、やってみましょう」と言われてもできない。「あれやって、これやって」と付きっきりで、いま目の前で行われたことをするが手は動かない。「大きく、トルネード！　傷は気にしない」と叱咤されるが、時間との勝負ゆえ手伝ってもらい、何とか玉になった。しかし次の「のし」はのし棒が手の内で回転せず、「角度三〇度、力を入れず」と言われても文字通りお手上げだ。自分は多少器用かなと思っていたがまるでダメでうなだれる。

最後は「切り」。

これは慌てなければいいんだと慎重に進め、なんとか一束ができ、ちょんちょんと打ち粉をはたいて、そっと舟に納めた。全体的な達成感はちょびっとだ。

今や、そば打ち名人と言われる人もいて、グルメ雑誌もそば特集は定番だ。趣味のそば打ちもブームで、井上先生によると「そばとつゆ」だけの究極のシンプルさが奥の深さになる。そこが中年男を惹きつけるが、最近は女性も増えているとのことだ。

教室は大きな机が並び、茹で釜など調理設備もピカピカに整って、蕎麦屋を開業できるまで指導するところとわかる。真っ赤な秒針が目立つ壁の掛時計が秒単位の正確さをアピールするようだ。

今の時間は男生徒四人がそば打ちに余念なく、打ち上がるとすぐ茹で、そのまま立ち食いで感想を言い合い、また「打ち」に入る。二十日コースを十日に縮めた特訓の六日めで、ある方は五十一歳。名古屋の病院の給食調理を三十年やっていたが、趣味で十年続けていたそば打ちを生かして店を持とうと体験コースに入ったところ、それまで教わった「ここで照りが出たら」式とはまったくちがい、使う水は圧倒的に少なく、もちろん味もよいということで、その後何回か参加した。近くのビジネスホテルに泊まって、この十日コースで仕上げ、年内には名古屋で開店の予定。店名も自分の名前・隆彦から「隆庵」と決めてあるそうだ。

「開店したら、ぜひうかがいます」

「お待ちしております」

接客言葉も充分のようだ。

「さあ、できました」

待望の試食だ。まず私の手打ち。茹で時間は、二・八の粉と切った太さから一五〇秒に指定したそうだ。私がいそいそと取り出したのは気に入りのそば猪口。もっぱら冷や酒に使っていたが、初めてそばデビューだ。

つるつるつるつる

旨い。なかなか旨い。箸が伸びるが「その辺にしておいてください」と止められ、先ほど先生の打ったものが登場した。細目の切りは均一で、盛り姿も凛と美しい。ま、その差は仕方ないよな。茹で時間は七十五秒。

つるつるつるつる

――絶句。香りがある、細いのに腰がある、喉ごしがある。味は粉がちがうので当然かもしれないが、味のみならず、そばの建築性というか、私のは粉が麺になっただけだが、先生のは建築的な空間世界がある。自分はそばの世界の入口に初めて立ったのだと実感した。

初の「手打ちそば」を大切に持ち帰り妻に渡すと、すぐに茹で、既成のそばつゆでつるつるとすすり、「おいしい！　こんなおいしいおそば初めて」と絶賛した。

煙を愉しむ

男ばかりのキャンプを続けていた時期があった。海山川、無人島にも行った。場所を決めるとそれぞれ思い思いの場所にテントを張る。今はみな一人用テントだ。終えて焚火の薪集めに散る。私は「ちりも積もれば」で、小枝も丁寧に拾うほうだが、椎名誠さんなどはどこからか巨木をかついでくる。小枝に点火し、丸太に燃え移れば、もう放っておいてよい。

その間、アウトドア料理の達人・林さん（通称リンさん）が支度を始めている。男の料理は手っ取り早く腹に溜まるものが先。出来上がった中華鍋をカンカンと叩けば、たちまち我れ先に鍋からとる。一同集まって乾杯などと子供のようなことはしない。大人の男は自分のことしかしないのだ。

暗くなったころには腹も落ち着き、焚火も赤い熾火の安定期になって、それぞれ適当に火を囲む。ある者はあぐら、ある者は寝転び、また必ず焚火の維持管理に専念する者が出てくる。片側が燃え尽きた丸太を裏返し、前後を入れ替えと結構仕事はあり、焚火はそれだけで最高の観賞に値する。

皆が手にするのはウイスキーだ。水割りなどしない。四十五度くらいの強いやつをシェラカップでちびちびと。常に風が吹いているアウトドアはあまり酔わない。ナイフで小枝を削り、料理に残った材料を刺し熾火の脇に置く。そのとき何よりの調味料が「煙」だ。ウイスキーに煙で燻されたつまみは最高だ。

話も尽きて静かになったころ、野田知佑さんがおもむろにハーモニカを吹きはじめる。荒野にながれるハーモニカを男たちがじっと聞き入る。

——深夜の自宅、一人でウイスキーを傾ける。つまみはスモークのかかった缶詰だ。皿なんかに盛らず、缶をそのまま机に置く。煙の匂いが、あのときのキャンプを思い出させる。

芋煮会

今年も私の仕事場に教え子が集まって、芋煮会を開いた。

山形にある大学で十年ほどデザインを教えていたとき知ったのが山形のソウルフード「芋煮」だ。本来は秋の収穫を終えた骨休めに河川敷でやる行事だが、東京ではそうもゆかず、手ごろな私の仕事場に落ち着いた。

集まる時間を見計らって大きな打ち合わせ机の上をすべて片づけ、緑と白の大柄ギンガムチェックのテーブルクロスをかけると事務的な仕事場の雰囲気が一変する。やってきた十人ほどには料理名人がいて、調理道具、大鍋にカセットコンロまで運び、小さな台所でどんどん仕事を始める。他も芋の皮むきや食器並べなど何かしら仕事を見つける。不調法なのには「ちょうどいいから中庭の落葉きれいにしてくれよ」「はい」と便利だ。

大学でいちばん大切にした授業が夏休み前の四年生ゼミ合宿だった。猪苗代湖畔の安いロッジを借り、二階の八畳間に一人ずつ呼んで一対一。中身は大学総決算の卒業制作だ。みっちりしぼりあげると一階の大部屋に下がらせ、持参の試作を壁に貼り、互いを見比べさせる。

個人指導を終えてからがミソで、食事はすべて自炊と決めてあるから、その支度だ。ベランダの大きなバーベキュー台に炭火をおこし、作家・椎名誠さんたちのキャンプの名料理人・林さんに教わった酒のつまみ〈リンさん漬け＝生姜・ニンニク・人参・胡瓜・鷹の爪をたっぷりの醤油に漬けておく〉のたれに浸けて何でも焼く。毎年必ず炉端焼主人が現れ「イカとししとう」「オレ肉」の注文に「はいはい、イカは少々お時間を」とご機嫌だ。

狙いは「ひとつ釜の飯を食うこと」。皆で酒を飲み、何でも話すのは、若い彼らにもっとも大切だ。私も野暮は言わずぐいぐい飲み、先に寝てしまうが、皆は遅くまで語り合っていたようだ。

そうして卒業した教え子たちが私の仕事場で芋煮を支度する間、こちらは何もすることがなく、缶ビールをプシとあけ「何か、先につまみないかな」「はーい」と気楽なものだ。酒の本を書いているので一升瓶は山ほどあり、酒好きはその前にしゃがみ込む。「先生、これ開けていいですか?」「おう、それは旨いぞ」

今年はベトナム仕込みの生春巻名人がいて大好評。さらに、鯛とイチジクと柿のカルパッチョ、鶏のテリーヌ、蛸と海老のエスニッククリーム煮、むかごごはんの弁慶飯など「店でも食べたことがない！」と絶賛の皿が次々に出る。創造的で精妙な料理、色鮮やかな盛りつけは、やはり美大の卒業生だ。しかし不動の主役は芋煮。具は里芋・牛肉・ネギ・舞茸・コンニャクと決まっており、山形「マルジュウ」の芋煮専用出汁醤油も取り寄せた。

よく飲みよく食べよく話し「そろそろ電車なくなる」ときれいに片づけて帰っていった。一人残った私は緑と白のテーブルクロスを畳むと、またもとの仕事場に戻った。翌日台所の引き出しに見慣れぬお玉を見つけた。忘れたのか、いや来年も使うと置いていったのかはわからない。

絵を買う

絵を買うといっても名作とかコレクターとかの話ではない。

きっかけは盛岡市の町はずれのさびれた古道具屋をのぞいたとき、壁に無造作に画鋲留めした弁慶牛若の白黒印刷画が妙に気になったことだ。周囲の余白下は破れた状態で、大切にしているとは思われない。売り物か尋ねると「こんなものでも売れるなら」という顔で「五〇〇円」と言った。

天地三〇センチほどの縦長画面下の題は「牛若辧慶ニ接スル圖」。京五条大橋で月を背に横笛を吹く牛若丸を、背後から弁慶が薙刀で狙う。細字で「明治二十一年十月十六日出版　東京築地二丁目十一番地　画工薫　發行人藪崎芳次郎　第三十七號」とある。通俗的な明治の石版画と思うが、砂目のような非常に細かい点による陰影がたいへん美しい。これを額縁屋で買った三〇〇〇円のシンプルな桜材額におさめると、じつに見ごたえのあるものになった。

それから後、古書店には古い錦絵などの複製が透明袋に入ってペラで売られていることに気づいた。よく訪ねる神戸「文紀書房」は外のワゴンに山積みだ。すべて複製で一枚五〇〇円程度。いわゆる名画でもなく作者も知らないが、山のような中から好きなものを抜き出す楽しさに夢中になり、十枚ほどを「これ全部でいくら?」とレジに持っていった。

私の好みは明治の風俗画だ。江戸の様式的浮世絵から脱却して美人にも個性が現れ、風景の近代感とのバランスがいい。

「水野年方傑作風俗畫　三十六佳撰（其二十一）『蟲の音』」とある一枚は、秋の野に

布を敷き、耳を傾ける男（後ろ姿）、美人、下を向く子供が、泉鏡花の小説のようだ。古い印刷画の、台湾かシャムあたりの芭蕉の葉の下にたたずむエキゾチックな美女は、画家名はあるが読めない。

冬枯れの野で、野点《のだて》の湯を沸かす老人の焚き火に幼子があたりにくる小さな印刷画は、裏に「路通　太田聴雨」と鉛筆走り書きがある。後に調べると太田聴雨は明治生まれの清雅な画風の日本画家だった。

京都に行くと寺町の「大書堂」に寄る。先日、水野年方「三十六佳撰」のひとつがあった。こちらは明治二十五年の木版刷りで七五〇〇円と高いが奮発した。題は「湯浴みの里」。湯上がり美人が猫と対面している。私は明治の画家・水野年方のファンになりつつある。

展覧会で名画を見るばかりが美術鑑賞ではない。自分で「名画」にするのが面白い。私の本業はグラフィックデザイン。「印刷されたもの」が好きで、錦絵、浮世絵も印刷物だ。

大切なのは額装すること。恐るべきは額の力。ワゴンに紙くずの如く積まれていた紙片が一変して名画になる。それを棚などに立て掛けて日々眺め、飽きたら入れ替える。作者や本物云々はどうでもよく、価値はわが美意識のみと悦に入る。

これぞ「太田コレクション」、誰かに見せたくなってきた。

神社詣で

地方の居酒屋歩きを趣味として、よく旅に出る。居酒屋は夕方から。昼の間はもっぱら町を歩いて、その町に住む人の日常を眺める。

神社があれば必ず入る。神社が新しく建つことはまずなく、他所《よそ》から来た者としては土地の地霊に挨拶しておく気持ちだ。神社の多くは表鳥居から森閑とした砂利道が延び、そこをゆっくり歩く。平日に人もあまりいない。

本殿に向かい、二礼二拍一礼する。願い事をするときもあるが、多くは両親、兄妹、家族などの顔を順に思い浮かべる。顔を思い浮かべることが、皆の安寧を祈念することになると思っている。

参拝を終えると境内を見てまわる。こま犬にはそれぞれに表情があり面白い。神社の来歴、故事の説明を読んで歴史を知り、記念碑などは裏にまわって建立の年を知る。地元に由来する句碑が建つことも多い。奉納絵馬の一枚一枚を読むのも楽しみだ。病気の快癒、両親や子供の健康、受験の合格、若い人は恋愛の成就。人々の願いはみな同じと幸を祈らずにはいられない。

私の家は神道で、冠婚葬祭などは神社で行なってきた。寺に比べ神社は装飾少ない白木の造りが簡素で、しめ縄、しで飾りなども素朴な古代をよく伝えていると思う。

本義は知らないが、私にとって神道は宗教ではなく祭礼儀式だ。衣冠束帯に身を固めた神主が奏上する祝詞《のりと》の意味はわからないが、朗々たる口調は気持ちを鎮めてくれる。釈迦やキリストのように具体的な一身ではなく、やおよろずに神が宿るという考えは、農をもととする田舎で育った身には、命あるものはみな尊いと素直になじむ。

私の父はある年齢から晩年まで、正月やそのほかの節目には家の神棚の前に正座して祝詞を奏上していた。家族は後ろに座り、頭をたれた。全員で何かひとつをすることの少ない日常に、家族が黙って心を無にして座っている時間はよいものだった。古文書を解読していた父はおそらく祝詞の文言を知り、その意味を謳い上げていたのだろう。

神棚には先祖の霊爾が納めてある。神は知らないが、先祖を祀るということはまことに自然で、自分の死後もこうして誰かが思い出してくれる安心感につながる。祝詞は古代神話にもとづくそうだが、自分にも必ず古代に先祖があるという悠久の思いは、心の平安を憶える。

中高年のおしゃれ

中高年のおしゃれは、ちょっと派手に、素材の良いものを、などと言うが、着るものよりも顔の手入れだ。

人に会うと服よりもまず顔を見られる。肌艶がいい、目が生き生きしてる、若いですね、と言われると嬉しい。私は寝る前にゆっくり風呂に入り、一個七〇〇〇円する資生堂のスキンクリームをつけてベッドに入る。七〇〇〇円は高いと思ったがケチケチ使うと半年はもつ。つけて眠ると小さなシアワセを感じる。効果はあるようだ。

髪が減り、シワが増えてもそれは男の風格だ。紹介されて初めて行った理容院で「どうしますか」と聞かれ「すべてまかせます」と答えた。「金髪でもいいですか」「どうぞ」。彼は笑って、職業と普段着るものを聞いた。出来上がりはまことに無難で品よく、まわりの評判もよかった。やはりプロはその人の職業や顔の年齢にふさわしい髪形をつくれるものだ。

顔と髪がおさまれば、着るものは黒のとっくりセーターでよい。イブ・モンタンのステージ衣裳は黒の長袖ポロシャツ、指揮者カラヤンのプライベートはいつも黒のハイネック。服では個性を出さず、自分を主役にする。加藤周一氏の厚手黒とっくりセーターの写真は知性をさらに引き立てている。映画や舞台の老練な名脇役の人間的な深みや、個性的な悪役のように、中高年男は誰でも人生経験を経たいい顔になっている（はず、と信じよう）。

というわけで着る物はいつも同じ。同じ服（安物です）を何着も持ち、毎日着替える。しゃれた服よりも中身を褒められるほうがいい。

中高年よ、自分の顔に自信を持て、と思っておりますが。

不動の価値

父母そして兄もすでに亡い。

先日、その父母兄が夢に現れたが、何か言い争いをしている夢で、目覚めた後味が悪かった。その同じ夢を三晩続けて見て、これはいけないと、数日後、墓参りに行った。墓には父母兄がいる。春の彼岸に行かず終いになっていて気にはしていた。

妻と二人、墓を洗い、花を添え、じっと手を合わせた。すると不思議なことにその日から父母の夢はぴたりと見なくなった。

家の居間に父母の写真を置いていて、ときどき見る。写真は笑っているものを選んだ。

仕事などで大切な用事のある日は特に見るが、父の顔は「しっかりやれよ」と言っている。なにか嬉しいことがあった日は「よかったな」と笑っている。いろいろうまくゆかず、くさっている日は「まあ、そういうときもあるさ」と苦笑いしている。忙しくてしばらく見るのを忘れていたときは「しばらくぶりだな」という顔だ。その隣で母はつねに「そうよ、父さんの言う通りよ」と笑っている。同じ写真なのにいつも表情が違って見える。

このことを妻に話すと「私もそうなの」と言った。よいことがあった日は特に笑い顔がいいと言う。妻は私の父を尊敬してくれているようで嬉しい。

親孝行しないままに、父母の有り難さを真に思わないうちに亡くしてしまった。そして気づいたのは、これで「不動の価値」ができたということだ。

生きているうちは父母の言動に注意を払い、介護に手がかかったり、それが充分できないはがゆさがあったり、父母への気持ちも揺れたりしたが、それは永遠になくなった。もう父母への気持ちが変わることはない。

不動の価値とは、心の絶対的なよりどころだ。迷い、不安、心配ごとが起きたら父を思えばよい。そうすれば心が定まり、何も恐れなくなる。心配ごとが的中したら運命と思えばよい。もっとも大きな心配ごとは自分の死だが、それを予感したとき、私は父を思い浮かべるだろう。父のところに行けると思えば不安は弱まるだろう。

父母はこんなにすばらしいものを残してくれた。そしてまだ生きて、私をはげまし続けてくれている。

ある句会にて

ご存じのように句会は、共通の季語のもとにその場で句作して投句。良句を互選し、後に発表する。当然自句の高得点を期待するが、その期待はほとんど（いや必ず）裏切られる。

ある春句会の私の作。

紫陽花は女のごとく極楽寺

（作者の意図）鎌倉の極楽寺は紫陽花の名所。山路にどこまでも続くさまざまな色の競演や、ぼってりした姿はあでやかな女性を想像させて心がはなやぎ、極楽、極楽。
（他者の評価）盛りの花を女にたとえるのは安易すぎる。「女のごとく」では身も蓋《ふた》もないではないか。ご当地極楽寺だけに頼った月並み句の典型。

人の世の学びあたへよ春の寺

(作者の意図) よい年齢になったが、それでも春は何か希望がわいてくる。奈良の古寺を歩いていると先人の学問への情熱をひしひしと感じ、いくつになっても学ぶことは大切だと気づく。「秋の寺」ではこうならず、春を詠んだ句になったのでは。

（他者の評価) 下五の「春の寺」は、上五中七に何でも乗せられる語句。そのときにあまりにも平凡な教訓では肩すかし。自分の祈りなり、境遇が生む願望があってもよいのではないか。形だけでつくっている。

姉ちゃんのリンゴ追分北の春

(作者の意図) 春もいろいろだが、津軽に旅したとき、やはり北国は春の訪れのよろこびが大きいと知った。残雪の岩木山を見ていると自然に美空ひばりの名唱が口をついて出た。あの体験を俳句にしよう。誰が歌っていることにしようか。やはり女性、それももんぺ姿の姉妹がいい。ここはあえて「姉ちゃん」の俗語で土着色を出そう。

(他者の評価) 「姉ちゃん」はないでしょう。「姉ちゃん」「リンゴ追分」「北の春」と三つ並べるいちばん安い句作法。自分の感じたもの、切実に表現したいものが何もない。歌謡番組司会者がマクラのつかみに使う程度。もっと根本的な精進を願いたい。

円卓にヒヤシンス置き人を待つ

(作者の意図)リンゴ追分の東北田園もよいが、都会派もできるところを見せよう。舞台は麻布の古い洋館の応接間。円卓に白レースの敷きもの、ガラス器に水栽培の青紫のヒヤシンスを置く。今から誰か訪ねてくるのか、その予定はないが、人が訪ねてきてほしい気持ちか。原節子のごとき深窓令嬢の春の気持ちが表現できたと思う。

(他者の評価)借り物の文学臭がいただけない(と、一刀両断)。絵や場面をつくれば俳句になるという描写派のもっとも悪い例。ここには作者がまったく見えない。

東京に住んで十年冷奴

(作者の意図)家族で東京に暮らしはじめ、幼い子どもも地元の小学校に入学した。彼らの故郷は東京になってゆくだろう。贅沢はできないが、家族で食卓を囲める日々をありがたいと思う。なじみの豆腐屋もできた。「葛飾」「荻窪」など、句に現実感の出る地名にするかを迷ったが、ここはむしろ茫漠と広い「東京」と抽象化して、誰にでもありそうな市井に住む平明な心境を詠んでみた。受けるかもしれんぞ。

（他者の評価）上五中七で心境を詠み、下五にそれに合う体言を置くという俳句のもっとも安易な話法はよしとしても、そのとき重要になる前半があまりに何もない。少なくとも「東京」と簡単に言わず、もっと個性的な地名を選ぶべきではないか。大味に過ぎる。

——以上で私は零点でした。

自選句　冬の旅

旅が多く、旅先で見た風景が俳句になる。

とりわけ冬は暗くなるのがはやく、見るものに集中できる。北の町の居酒屋に入り、酩酊して外に出ると、月が照らしたり、雪が降ってきたり、港が煌々と明るかったりする。寒さが酔いを覚まし、もう一軒となる。

初雪にひとり出てゆく夜の町
雪女明治の町のうすあかり
寒昴北上川は蛇行して
年の暮鯉売る人や北の町
廃船は竜骨ばかり冬の海
冬の月河童の沼を照らすかな
厳寒に演歌ひびきて出港す

無人島に持ってゆく曲

『ブルックナー交響曲第八番』
オイゲン・ヨッフム指揮／ドレスデン・シュターツカペレ

九曲あるブルックナーの交響曲では第四番「ロマンティック」をよく聴いていたが、あるときヨーロッパから帰る飛行機の機内音楽番組で第九番を聴いて雄大な曲想に心奪われ、本格的にブルックナーを聴こうと、後日「ブルックナー交響曲全集／オイゲン・ヨッフム指揮／ドレスデン・シュターツカペレ／一九七五〜八〇年録音」を買った。

まずは第九番の聴き直しから。微細な弦のトレモロから、一気に全楽器が咆哮する大音量を鳴り響かせ、一転して最弱音、オーボエやフルートの嫋々たる独奏をはさみ、流麗な律動、意表をつく静謐と轟音が繰りかえされる。ブルックナー交響曲の特徴である遅めのテンポで持続する荘重な曲想の持続は、山間に流れる霧の切れ目からこつ然と古城が現れ、また隠れゆく風景を見るようだ。

この最後の交響曲は第三楽章まで完成したが第四楽章は未完で終わり、死を予感した宗教観が現れているという。たしかに第三楽章の末尾は浄化された雰囲気がある。音色としては、NHK教育テレビ「クラシック音楽館」のN響コンサート（ファビオ・ルイージ指揮）で、目で確認した八本のホルン隊が艶のある厚みになっているようだった。私の好きな弦のピチカート（指ではじく奏法）が多用されるのも嬉しく、また無音になったかと思う数秒間もティンパニーが最弱打音を繰りかえしているのを知った。

ブルックナー交響曲はベートーヴェンの意志的曲想やモーツァルトの天国的愉悦、ブラームスのハッタリ、シューベルトやシューマンのロマンティシズム、ドボルザークの郷愁のような明確な情感を持たない。特徴は情感表現よりも、膨大な楽器群を自在にあやつり動かすサウンドにあると思う。行方定まらぬ情動のうねりは、命題の追求よりも、厚みのある弦楽器群を支えにさまざまな音楽的見せ場を延々と展開することが主眼のようだ。六十分を超す長大な曲には、このテーマだけで一曲できると思うような魅力的な動機がもったいないくらい次々に現れては消える。その消長にあまり脈絡は感じられず、フル演奏の轟音と繊細精妙が繰りかえされる。

ブルックナーは指揮者にとって面白くて仕方がないのではないか。すべての楽器が最強音で鳴り響く巨大な音量に指揮者は恍惚となるにちがいなく、ここには純粋に音を奏じるよろこびだけがある。これはマニエリスム（主題よりも技巧が優先する芸術）なのだろうか。

後期ロマン派は大量の楽器群を思う存分に鳴らすことに耽溺する傾向があり、明朗なR・シュトラウスに比べ、ブルックナーは深刻荘重が魅力だ。第四番「ロマンティック」（ブロムシュテット指揮／ドレスデン・シュターツカペレ盤）の宇野功芳氏（指揮者）による解説の「（ブロムシュテットの真面目でケレン味のない指揮を評して）ベートーヴェンのような音のドラマは真面目なだけでは駄目だが、音自体の劇性をまったく持たないブルックナーでは、かえって歪みのない音楽の美しさを満喫することができる」という一節に納得した。

ブルックナーは好き嫌いのはっきり分かれる作曲家で、雑誌『音楽の友』平成二十六年四月号の読者アンケート「クラシック音楽ベストテン」の「あなたが好きな作曲家」では七位（一位はベートーヴェン）、「嫌いな作曲家」では一位。しかし「好きな」は前々回（八年前）の十三位から前回（三年前）九位と人気上昇だ。また「好きな交響曲」では、ブルックナー「第八番」が、ベスト二〇にも入らなかった前々回から、前回は十位に食い込み、今回はベートーヴェン「運命」、ドボルザーク「新世界より」を抜いて堂々の第四位（一位はブラームス「第一番」、二位はベートーヴェン「合唱」、三位は同「第七番」）。動向分析に「今新たなブルックナー・ルネサンスが起こりつつあるのかもしれない」とあった。

＊

それではと第八番を聴いた。第一楽章／13分55秒、第二楽章／14分、第三楽章／27分24秒、第四楽章／20分45秒、計76分4秒の大曲だ。

重々しく不安げなプロローグはおなじみのブルックナーサウンド。まずは一発、すべての楽器を最大音量で咆哮させ、その音の洪水の奔流に身を任す気分にさせる。なにしろ76分ある。ブルックナーの癖のひとつは、大音響派なのに無音を恐れないことで、繊細に終わったかなと思うと、ぽとりと雫を落とすようにさらに最弱音の余韻を続け、耳を澄ませると、やおら破鐘のように大音響がかぶって驚かす。その筆法は第三楽章の繊細可憐なハープと重厚な大音響の対比に如実だ。

あるときは雄大、あるときは沈鬱、あるときは叙情、あるときは可憐、あるときは静寂と千変万化しながら、終わりそうで終わらない無限の迷宮を分け入るように音楽が続く。小林秀雄はモーツァルトのト短調交響曲を「疾走する悲しみ」と言ったが、ブルックナーの八番は「輪廻する聖性」と言おうか。感じる宗教的法悦感は「超自然的なものへの憧れ」だ。聖性を持った超自然とは神のこと。これは神々の交響曲だ。

この大曲をJBLパラゴンか、イギリスB&W802Dのスピーカーの最大音量で聴きたい。無人島だから遠慮はいらない。歌や独奏を巨大音量で聴くのは不自然だが、大量の楽器が一斉に鳴り響く交響曲は大音量が自然だ。指揮者の棒ひとつで集団演奏が交響するオーケストラこそもっとも贅沢な音楽。ちまちました佳曲などすぐ飽きる。

ブルックナーの、いわば音楽のための音楽の一大交響曲こそ、繰りかえし聴いて発見もあるだろう。

無人島に持ってゆく映画

『2001年宇宙の旅』

1968年／アメリカ映画／監督：スタンリー・キューブリック

映画好きの私は年間平均百本は映画館で見る。

興味を持ちはじめた若いころはアートシアター系の芸術作（『イワン雷帝』『第七の封印』『灰とダイヤモンド』など）を好み、すぐにヌーヴェルヴァーグ（シャブロル、トリュフォー、ゴダールなど）に傾倒し、少し生意気になってくると、量産娯楽映画の中の作家派（鈴木清順、加藤泰、川島雄三、サム・ペキンパー、ドン・シーゲル、クリント・イーストウッドなど）に映画の神髄を見ると意気込んだ。

今は古い日本映画を追いかける日々だ。昔は溝口、黒澤、小津、成瀬などの巨匠以外の古い日本映画を見る機会はほとんどなく、東京国立近代美術館フィルムセンター（現・国立映画アーカイブ）の数少ない上映にかけつけるしかなかったが、今は神保町シアター、ラピュタ阿佐ヶ谷、シネマヴェーラ渋谷、新文芸坐、フィルムセンターの五館で常時見られる最高の状態になった。作品も名作路線ではない娯楽作が中心で、各館の企画合戦を歓迎しつつ、行けない悲鳴は高まるばかりだ。

そうして戦前からの作家、山中貞雄、石田民三、清水宏、丸根賛太郎をはじめ、三隅研次、井上梅次、中平康、鈴木英夫、千葉泰樹、田中重雄、岡本喜八、野村芳太郎、中村登、本多猪四郎など職人的作家の手腕を知ってゆく。山方針は「すべて見る」。ついでに書けば、彼らの代表作一本をあげよとなれば、山中『丹下左膳餘話　百萬両の壺』、石田『むかしの歌』、清水『小原庄助さん』、丸根『春秋一刀流』、三隅『剣鬼』、井上『嵐を呼ぶ楽団』、中平『街燈』、鈴木『その場所に女ありて』、千葉『夜の緋牡丹』、田中『東京おにぎり娘』、岡本『暗黒街の対決』、野村『モダン道中　その恋待ったなし』、中村『我が家は楽し』、本多『恋化粧』か。

もっとも好きな映画ジャンルも結論が出た。それは暗黒街の犯罪をサスペンスで描くフィルムノワール＝暗黒映画だ。特に五十年代アメリカ作品。そこには行動するヒーローと美女が欠かせない。ハリウッドの伝統「美女と拳銃」だ。監督最高峰はフランスのジャン・ピエール・メルビルで、劇場未公開をふくむ全十四作をすべて見た人は少ないだろう（映画好きのイヤミは見た数を誇ること）。

その膨大に見た映画から「無人島の一本」を選ぶとなればどれだろう。私は見た作品の日付・劇場・評価を四十五年間すべてメモしてあり、評価は五つ星が最高だが、例外的に六つの星をつけた作品もある。その初めての六つ星が昭和四十三年、テアトル東京で見た『2001年宇宙の旅』だ。

二十世紀最大の芸術である映画は、実写のリアリズム、セットによる世界再現、映像ファンタジーなどを駆使して、人間、人生、社会、歴史、自然、恋愛、冒険、喜劇、闘争、驚異など、あらゆる世界をスクリーンに創造してきた。

茶の間の小さなテレビ画面ではなく、暗闇の大スクリーンで見るのが映画だ。目の前にはその世界しかなく、全身、全感覚で没入して世界を体験する。映画は世界を創造して見せるのが最大特徴だ。そうしてさまざまを描いてきたが、その総決算として一歩踏み越えた作品が『2001年宇宙の旅』だ。

＊

R・シュトラウスの交響詩「ツァラトゥストラはかく語りき」が暗示的に鳴り響くプロローグをへて、約四百万年前の太古地球が映る。そこには類人猿が、自然の猛威に恐れをなしたり、未知の物体に恐怖と興味を持ったり、食糧のための団結闘争を覚えたりして、やがて一本の骨を道具として使う「知恵の誕生」の瞬間を迎える。知恵を知った、人類としての根源的なよろこびの雄叫びで放り上げた骨が、瞬時に時空を飛び超え、地球を遙か離れた宇宙を進むディスカバリー号へモンタージュする瞬間こそは、映画芸術の最高の結晶だ。そしてJ・シュトラウス「美しく青きドナウ」の旋律にのせて、暗黒の宇宙を進む船をあらゆる角度から映す。十九世紀音楽の魅惑的頂点と科学技術の英知が手をとり合う、音楽と映像だけのこの十分間ほど、映画の快楽に満ちた時間はない。

音楽の高まりとともに宇宙ステーションに着陸。初めて人間（女性です）が現れるが、宇宙ステーション内の無重力に浮かぶペンをそっとつかむアップから入るのは、骨→宇宙船→ペンという形態連鎖を用いた知恵の継承。女性にペンを渡されてうたた寝から目覚める主人公は、地球以外の世界にいる実感となる。そこから映画がかつて描いたことのない未来世界に入ってゆく。

SF映画で未来は描かれたことがあると言うなかれ。人間ドラマの背景を未来風ハリボテにしただけの映画とこの映画は根本的にちがう。凝り性のキューブリックは撮影機材の開発から始め、宇宙船などの設計に没頭する。それは漫画的奇想天外ではなく、原作者アーサー・C・クラークの協力による最新宇宙科学を反映したものだ。何枚も書かれた図面の本も後に出版されている。そうした長い準備をへてロンドン・パインウッドスタジオに撮影システムを設け、テストを繰りかえした。

物語は木星に向から宇宙船内での人間とコンピュータの闘いをへて、哲学的になってくる。クライマックスの映像の洪水から一転、十八世紀ロココ風の室内の死の床に移り、冒頭の人類草創期に知恵の誕生をもたらした黒石モノリスが再び現れ、やがて新人類の誕生を暗示する胎児のアップで終わる。

類人猿↓人類↓新人類。原題は『2001：A SPACE ODYSSEY』。宇宙を舞台にした冒険活劇ではないこのSF映画は、日本公開当時あまり理解されなかったようで「サイケデリックな映像の洪水」程度の書かれ方だった。しかし人類創世紀から未来の人類へ、人類のつくった文化の粋を用いつつ、誕生から未来世界を一気に描いたスケールの大きさとそれを視覚再現した映像力は、二十世紀に発明された映画史をそれまでの映画としてしまう別次元まで高めた。

これを超える映画は想像できない。俗世界を離れ、太古より変わらぬ孤島の夜に満天の星を仰ぎつつ未知の彼方を見る。これほど無人島にふさわしい映画はない。きっとその孤島は宇宙船ディスカバリー号になるだろう。

無人島に持ってゆく本

『伊良子清白《いらこせいはく》全集第一巻・詩歌篇』岩波書店

わずか数行の言葉が瞬時に心をつかみ、そこから一歩も前に進めない経験をしたのは、平成十三年に発表された川上弘美さんの小説『センセイの鞄』の冒頭ちかくに引用されている詩だった。

柳《やなぎ》洩《も》る
夜《よ》の河白《かはしろ》く
河越《かはこ》えて煙《けぶり》の小野《をの》に
かすかなる笛《ふえ》の音《ね》ありて
旅人《たびびと》の胸《むね》に觸《ふ》れたり

居酒屋で出会った三十歳以上も歳上の国語教師の朗誦に、主人公ツキコは「イラコセイハク？」と答え、授業で教えたはずと苦言される。私も伊良子清白の名はこのとき初めて知った。

心奪われたのは、独特の韻律で展開されるロマン的な孤愁だ。この五行を越えて小説本題に入るのに時間がかかった。

それから二年後の平成十五年、岩波書店創業九十周年記念出版として『伊良子清白全集』全二巻が刊行され、第一巻『詩歌篇』を買った。函入り菊判布装・総七六六ページ・定価二万円である（第二巻『散文篇』も同じ）。引用された一節は冒頭「漂《へう》泊《はく》」全六節の第三節。続く第五・六節は、

旅人《たびびと》に
母《は》はやどりぬ
若人《わかびと》に
父《ち》は降《くだ》れり
小野《をの》の笛煙《ふえけぶり》の中《なか》に

かすかなる節《ふし》は残《のこ》れり
旅人《たびびと》は
歌《うた》ひ續《つゞ》けぬ
嬰子《みどりご》の昔《むかし》にかへり
微笑《ほゝゑ》みて歌《うた》ひつゝあり

全巻最初の詩でまた一歩も進めなくなった。全三十三行が心をつかんで離さない。その翌年の平成十六年、私は病気のため約一ヶ月の入院となり、これは本書を読むよい機会だと、重い一冊を持参した。手術も過ぎていささか気持ちが落ち着き、本を開いた。その第七編「夏日孔雀賦《かじつくじやくのふ》」。

園《その》の主《あるじ》に導《みちび》かれ
庭《には》の置石石燈籠《おきいしいしどうろ》
物古《ものふ》る木立築山《こだちつきやま》の

景《けい》有《あ》る所《ところ》うち過《す》ぎて
池《いけ》のほとりを來《き》て見《み》れば
棚《たな》につくれる藤《ふぢ》の花《はな》
紫《むらさき》深《ふか》き彩雲《あやぐも》の
陰《かげ》にかくるゝ鳥屋《とや》にして
番《つがひ》の孔雀《くじやく》砂《すな》を踏《ふ》み
優《いう》なる姿《すがた》睦《む》つるゝよ

こうして始まる十四ページ・全一九四行は、歩み、退き、立ち止まる、つがいの孔雀からまったく目を離すことがない。

長《なが》き花總《はなぶさ》地《ち》に垂《た》れて
歩《あゆ》めば遠《とほ》し砂原《いさごばら》
見《み》よ君來《きみきた》れ雄《を》の孔雀《くじやく》
尾羽《をば》擴《ひろ》ぐるよあなや今《いま》

あな擴《ひろ》げたりことぐく
こゝろ籠《こ》めたる武士《もののふ》の
晴《はれ》の鎧《よろひ》に似《に》たるかな

総羽根をひろげた瞬間の絢爛豪華な姿を延々と描写する言葉、漢字、韻律もまた豪奢で眩暈《めまい》をおこしそうだ。クライマックスの後半は節ごとの一行空けもなく連続行が続き、孔雀は灼熱炎天のインド王宮の主の如く傲然と歩を進める。これほど豪華に使われた言葉を読んだことがない。一ヶ月の入院はこの詩一編のみを繰りかえし読むことで終わった。

明治十年、鳥取県に生まれた伊良子清白は、二十九歳で唯一の詩集『孔雀船』を発表し、あるときから詩作を離れ、昭和二十一年に没した。この全集は公刊された『孔雀船』とそれ以外の短歌・俳句もふくむ膨大な詩編をすべて収録した決定版だ。無人島に持参するにこれ以上の本があろうか。全詩編を愛誦玩味したあとは『散文篇』、さらに同時期刊行された、これも労作の伝記『伊良子清白（月光抄・日光抄）』（平出隆・新潮社・二巻セット計六〇〇〇円）もある。没後、鳥取の生地に碑が建てられた。

ふるさとの谷間の歌は
続きつゝ断えつゝ哀し
大空のこだまの音と
地の底のうめきの声と
交りて調は深し

6

私の東京物語

十八歳の下北沢

一九六四年、東京オリンピックの年に大学に通うため信州松本から上京。最初に住んだのは下北沢だ。

南口の商店街を抜けた五差路の先。化粧品店をしている大家さんの家の脇を入った突き当たりの木造物置を改造した小屋で、ドアを開けるといきなり水道と流し、左に三畳の畳部屋、右にトイレの、計二坪半だ。

通りのすぐ先には銭湯、豆腐屋、本屋もある。小田急線と井の頭線が斜めに交差する駅舎の階段向こうの北口は、戦後闇市から始まったバラックの下北沢マーケットで、裸電球の下、威勢のよい魚屋、八百屋、おでん種、外国チョコレートや化粧品、米軍衣料の店などが複雑な筋に交差し、田舎とはちがう東京の活気があふれていた。サイキ画荘で青表紙の大きなクロッキー帳を購入。南口の小田急ストアでくずハム、八百屋でもやし一つかみ、豆腐屋で豆腐と納豆を買い、計一一〇円。くずハムもやし炒め、豆腐の味噌汁、納豆に白いご飯は、以降不動の自炊メニューとなってゆく。

私は戦後すぐ中国・北京の日本人収容所で生まれ、引き揚げ後も、教師である父の転任で県内各地を動き、定まった故郷はないと感じていた。下北沢の、小さいながらも専用路地のある一軒家をとても気に入り、実習用のケント紙で「太田和彦」と表札をつくり、四隅を画鋲で留めて悦に入り、しばらく眺めた。ここが生まれて初めて自分で住むと決めた地だ。

十八歳。私の東京物語が始まった。

サブカルチャー気質育む

下北沢の私の住家から先は世田谷の高級住宅地で、当時首相の佐藤栄作邸を見にいくと四方に警官が立っていた。家庭教師のアルバイト先手前にあるお宅の小さな表札「平田」は女優・久我美子邸（夫君は俳優・平田昭彦氏）で、高級車ヒルマン・ミンクスが停まっていた。『酔いどれ天使』や『また逢う日まで』で見た美貌の女優が近所に住んでいるのは東京にいる実感を高めた。バイトの道すがら一度は御目文字《おめもじ》をと願ったがかなわなかった。

今の下北沢は演劇と音楽ライブの町になったが、当時はひなびて、新宿から流れてきたような売れない芸術家がたむろする雰囲気があり、民家に手づくり座布団と漫画を置いたジャズ喫茶「マサコ」にはよくそういう人がいた。私はそれになじみ、サブカルチャー気質を育てた。

巨大な鉄釜にぐらぐらと湯がわく駅前のラーメン「代一元」がたまのご馳走。映画館は三つあり、日曜など下駄ばきで三本立てを見にいったのだから、ひまだったのだろう。

東京に憧れて出てきた十八歳に下北沢の町は快適だった。田舎の言葉が嫌いな私は標準語を使えるのが嬉しく、本当に「一夜にして」標準語になった。夏休みが近づくと、かつての高校同級生などは「故郷の山が見たい」とか言っていたが、まったくそんな気持ちはおきず、そのまま東京に居て、自分で決めた地での一人暮らしを満喫した。

煩悶の日々

一九六〇年代は日本のグラフィックデザインの勃興期で、将来はデザイナーになろうと希望に燃えて上京したが、入学した東京教育大学はまったくレベルが低く、このまま卒業してもとてもプロにはなれないという不安が次第に重く湧いてきた。

もともと東京藝大を志望したが、同校を目指して二浪中の兄と同じ学科に受験が重なり、のちの兄弟仲を心配した父は私の藝大受験を許さず、兄もデザインを学べる別の国立大を探してくれた。兄も私も幸い合格し、私は転校めざして受験し直そうと考えたが、いつしかそれも消えた。余談だが仕事するようになると、デザインはまったく学歴は通用しない実力の世界で、私の藝大コンプレックスはきれいに消えた。

とはいえ在学中は煩悶《はんもん》の日々となった。午前中、学校に行くか迷いつつ、唯一の財産であるFMラジオのクラシック音楽ばかり聴き、バリリ四重奏団の弦楽四重奏が胸をしめつけた。通学乗り換えの池袋で降りる気にならず上野まで行き、藝大正門の前に立っていたこともある。絵の具にまみれて青春を謳歌する男女学生を指をくわえて見ていた。頼るもののない自分はどうなるのだろう。

授業に期待できない不安は新宿に向かった。当時の新宿は演劇、映画、美術、デザイン、写真、舞踏、ジャズなどアンダーグラウンド前衛芸術の拠点として疾風怒濤の時代だった。学校がだめなら自分で学ぶしかない。そうして新宿の町が私の学校になった。

新宿に学ぶ

すでに上京していた高校の先輩に連れられた新宿の名曲喫茶「風月堂」は、できたばかりの紀伊國屋書店の近くで、吹き抜け二階回廊にはびっしりレコードが並び、ワーグナーが響く荘重な雰囲気だ。岡本太郎、瀧口修造、白石かずこ、谷川俊太郎、栗田勇、野坂昭如、岸田今日子、唐十郎、寺山修司、五木寛之など、六〇年代気鋭の芸術家のたまり場として、「ここに来れば誰かいるんだ」という先輩の言葉に東京を実感する。

花園神社の紅《あか》テント公演など、唐十郎の劇団「状況劇場」は旗揚げ以来すべてを見て、魂をゆさぶられる感銘を受け、桟敷最前列にカストロ帽をかぶって座っていた私は、人気女形・四谷シモンに「ちょっとそこの自衛隊のお兄ちゃん！」と声をかけられ赤くなった。モダンデザインを吹き飛ばした新人・横尾忠則によるポスターもまた圧倒的だった。

映画は熱心に見た。そもそも受験上京したとき、発足したてのATG「アートシアター新宿文化」で『イワン雷帝』を見て、劇場のatgのロゴデザインが伊丹一三《いちぞう》（当時）と知る。日活名画座の三日替わり「欧州名画週間」に通い、多摩美を卒業したばかりの和田誠のポスターに、すごい才能がいると思った。

自分の志向するグラフィックデザインが文化を先導しているのは頼もしく、のちにデザイナーになって、新宿の洗礼が骨肉になっていたと実感した。その時期に遭遇したのは本当にラッキーだった。

銀座、勝負の場所

大学を卒業して銀座の資生堂にデザイナー就職も決まり、下北沢の家を出る日が来た。四年前に貼った紙の表札「太田和彦」を取ると、四隅に画鋲跡が白く残って捨てがたく、ポケットに入れたが、いつしか失くした。

「私の東京物語」の第二部となった銀座は、それまでのアングラ文化の新宿とは正反対の、正統的で上品な大人の町だった。新人デザイナーとして配属された日、上司先輩に昼食に誘われた資生堂パーラーで、白いテーブルクロスに銀の食器、金の花椿マークの入る皿のオムライスをいただき、こういう世界に来たのかと実感する。早速銀座の一流テーラーが「スーツをおつくりになりませんか」と生地見本を持ってきた。

当時の資生堂はデザインによる戦略が次々に成功して日の出の勢いだった。これが君の机、ゼットライト、製図器と、貧乏学生には夢のような道具が揃えられ、登竜門に立った自分は「ここで芽が出なかったら後はない」と自覚し、「資生堂の広告はすべて一級の芸術でなくてはならない」という制作室長の誇り高い言葉に身をひきしめた。

それからはすべてが銀座の日々。出社はそうでもなかったが、終業は常に最後まで居て、帰った先輩の仕事の昨日と変わった部分を学ぶ。

「居るべき場所に自分は居る、ここが勝負」の覚悟は、それまでの鬱屈した大学生活を吹き飛ばした。

仕事も夜遊びも満喫

資生堂のある七丁目は夜の銀座の中心で、夕方になればリヤカーの氷屋がシャシャッと切ってアラヨッと配達に回り、白衣に下駄の調理人が買い物に走り、花屋が盛大な祝い花を届け、着物のママさんが美容院から小走りに店に急ぐ。そんな光景を七階にあるデザイン室から毎日眺めたが、もちろん安月給に高級バーやクラブは縁はなく「あれは成り金のお上りさん相手、我々地元民は路地の居酒屋さ」とうそぶき、隣の新橋はサラリーマン向けの酒場地帯だが、銀座から一歩も出ることはなかった。

宣伝部は酒飲みが多く、退社時間になると新人の私は「先に行って席をとっとけ」と、金春小路の居酒屋「樽平」や、ビアホール「ピルゼン」に行かされた。学生時代は外で飲む金などなかったが、先輩はありがたいもので懐を心配せず飲ませてもらえる。そこで聞く仕事の裏話は理屈一点張りの学生とはちがうリアリティがあり、酒を飲んで話すのはこんなに面白いものかとすっかり酒好きに。

ほんのたまに上司の御伴でクラブに入ると、映画『夜の蝶』(京マチ子・山本富士子)、『女が階段を上る時』(高峰秀子・森雅之)、『花影』(池内淳子・三橋達也)など、銀幕で見る世界があった。一方マダム目当てではなく、酒だけを愉しむバー「やまざき」や「クール」「うさぎ」には本物の銀座紳士がいた。私は仕事も夜遊びも、銀座にいるのが楽しくてたまらなかった。

青山や六本木の大海へ

資生堂にいて、二、三デザインの賞もとり、若手デザイナーとして多少名を知られてくると、夜の行く先は青山、六本木や西麻布になってきた。時代はバブル景気で業界は活気づいていた。

いちばん勢いのあったのは店舗デザイナーで、彼らが手がけたカフェバーなどの開店が相次ぎ、店ロゴや案内状デザインなどをいくつも頼まれた。集まる若手はデザイナー、コピーライター、カメラマン、CMプロデューサー、ファッション誌編集、スタイリスト、広告代理店、トレンドクリエーターとかいう何をしているかわからない連中、そういうところをうろうろしたい金持ち遊び人などなど。

銀座の会社で自己満足していてはいけない、いろんな業界人と知り合いになるのが大切と毎夜出かけ、金はないがなんとかなっていたのは代理店あたりが払っていたのだろう。当時住んでいた、国立競技場に近い千駄ヶ谷の風呂なし木賃アパートはどんなに夜おそくなっても歩いて帰れ、住む場所は大事だなと知る。

家のすぐ近くにできたバー「ラジオ」は、本人が藝大生のころから知るデザイナー・杉本貴志さんの仕事で、「オレのツケでいいから毎晩顔を出せ」とありがたいお言葉。黒御影石を使った先鋭的デザインはたちまち一線クリエーターのたまり場になり、憧れの和田誠氏にお会いしたこともある。

銀座を離れた日々は、別の意味で大海に出て、いや応なく会社肩書を離れた個人の資質を問われてゆく。

東京音頭

夢中で働くうち三十歳をとうに過ぎ、安アパート暮らしでは嫁さんももらえないとマンションを買うことにした。「2001年ローンの旅」だ。不動産屋から紹介されたのは六本木。下見に行った鳥居坂は夜遊びの町とは思えない閑静なたたずまいで、スペイン風の東洋英和女学院など、建築書に〈木の間がくれに石組みの洋館が見えたりして、東京ではほとんど唯一といってよい大正のお屋敷街の面影……〉とあるとおりだった。

大ローンを組むには戸籍謄本が必要になり、そういうときは故郷松本の父に頼んでいたが「この際本籍を移したらどうだ」と言われた。以降本籍は港区六本木。名実ともに東京の人間になった。

引っ越すと、毎日曜朝は近所の散歩に出た。鳥居坂を下りて暗闇坂を上がった元麻布の屋敷町に残る洋館は、新宿や銀座とはちがう、本当の古き良き落ち着いた東京だった。一方、坂下の麻布十番商店街は八百屋も豆腐屋も銭湯もあり、大使館の街らしくスーパーには外国の食品が山のように並ぶ。私はこの街がすっかり気に入り、小さな居酒屋をなじみとして一人飲む夜を続け、自分の東京生活も地に足がついたかと実感した。

夏の終わりの麻布十番納涼まつりは各国大使館の露店が並び、ドイツのソーセージやミャンマーのカレーに「イラシャイマセー」と美人大使館員が愛嬌を振りまく。流れる「東京音頭」の踊りの輪に私も加わったのは、踊る資格ができたと思ったのかもしれない。

居酒屋探し、下町へ

何の不満もない資生堂も二十年勤めると、いささか飽きてきた。年齢四十三歳は新しいことができる最後だろうと、思いきって会社を辞めた。フリーのデザイン事務所を開くには仕事場が必要で、自宅から歩いてゆける麻布台にしたない。設備を整え、自分で買った机に向かい、さあやるぞと両手を上げた夜を忘れない。「私の東京物語」第三部の始まりだった。

事務所に借りた「和朗フラット」通称スペイン村は、昭和初期に建ったアメリカ風木造住宅群で、窓、玄関はすべて形がちがい、青や緑のペンキで塗られてファッション写真の撮影によく使われた。一周する袋小路は誰も入ってこなく、事務所の愛犬ケリーを放し飼いにしてもまったく心配がない。近くのマンションに仕事場を持つ伊丹十三氏はよく見かけ、すぐ上の麻布永坂町の瀟洒な家の表札「松山」はまぎれもない松山善三・高峰秀子夫妻のお宅で、ますます東京にいる実感を高めた。

古い居酒屋への興味は足を隅田川に向かわせた。麻布に住んで下町に通った永井荷風よろしく巡り歩いた浅草、月島、佃、門前仲町、千住あたりは江戸を望見させる、より深い東京だった。湯島の居酒屋「シンスケ」のカウンターで聞こえてくる常連の話題は相撲と落語。闊達に話しながらも粋を守るのを見習うようにしたのは、住むだけではない、本当の東京っ子になりたかったのだろうか。

東京の灯よいつまでも

ながく続けたデザイン事務所もあまり儲からず、六本木の家も手狭になって越し、仕事場も白金台に移した。増えてきた書く仕事に静かな住宅街は有り難く、筆が止まると寺の多い近所を散歩する。

一九六四年、東京オリンピックの年に上京。二〇二〇年にまたオリンピック。「私の東京物語」はその間になる。若い日をすごした下北沢は、駅は地下化、北口マーケットもなくなった。銀座は大変貌。かつて住んだ千駄ケ谷の家のすぐ近くの国立競技場も更地にして新築中だ。

昔のよすがはほとんどなくなったが、下北沢、新宿、銀座、麻布十番、浅草などは今もわが街として常に出かけ、そこで酒を飲めばその街の人になれる。

下北沢の東京生活助走、新宿で学んだ表現者の覚悟、銀座の大人の作法、麻布の静かな生活、下町の江戸っ子気質。憧れて出てきた東京は、今から思えば、その年齢にしておかなければならないことに、いつもうまく街が適合していた気がする。いや、街がそうさせたのだろう。

私は東京の人になったのか。七十を過ぎた老後は、妹のいる信州田舎暮らしの手だてもあるが、東京を離れたくない。東京は私を育ててくれた街だから。深夜の一人酒に、古い歌謡曲ほど心なごむものはない。好きなのは新川二朗の「東京の灯よいつまでも」だ。

すぐに忘れる　昨日もあろう
あすを夢みる　昨日もあろう
若い心の　アルバムに
あゝ　東京の灯よ　いつまでも

あとがき

酒飲んで、旅行して、寝転がってレコード聴いて……。たわけ者！　と一喝されそうだが、七十二歳、好きにさせてくれとこんな本ができた。

しかし、四十歳を過ぎて会社勤めをやめてから、ずっとこうではあった。おかげで生活は苦労したが、それでもこれでよかった。なぜなら「嫌なことはしなかった」から。「嫌な奴とはつき合わなかった」から。それでメシが食えるのなら苦労はないと言われそうだが、結果的になんとか食えてきた。おかげで安くて旨いものには詳しくなった。

男一匹、七十歳。好きなようにさせてもらおうではないか。何かを我慢するストレスはもうたくさん。好きなことをしていればストレスはない。他人に迷惑かけない、他人を頼りにしない、これだけ守ればあとは自由。

そんなことでどうする、一生学問、人のために生きよ、それも卒業。今や晩年、残された時間は限られた。いずれ死ぬ。看取られてか、どこかで野垂れ死にか。その瞬間を悟ったとき「もう満足です」と自分に言いたい。「もうちょっとモテたかった」は残念としよう。

平成三十年八月　太田和彦

文庫版あとがき

親本のあとがきに「七十歳。好きなようにさせてもらおうではないか」と開き直って書いてから六年、時代は令和に変わり七十八歳になった。好きなようにしているのは同じだが、こういうこともあった。

平成三十年、文化庁から表彰を受けた。と言っても毎年、様々な文化分野の百名近い在野の個人、団体が表彰されるなかの一人だ。理由は〈永年にわたり、日本の食文化についての独自の視点による著述活動を通じて……〉。ありがたく頂いたが、それほどのことをしたとは思えない気持ちが残った。

であればそれに応えるべく、かねて構想していた、古い名居酒屋の正確な姿を写真と文で記録した本『日本居酒屋遺産』東日本編、西日本編を、令和四〜五年に出した。もうひとつ、永年準備をかさねていた『伝説のカルト映画館　大井武蔵野館の6392日』を完成させた。それまで何冊も書いた映画評論集ではなく、すでに閉館した名画座の様々な資料を編集した本だ。

どちらも売れるとは思えない本で、企画書を手に出版社探しから始めて苦労した。

「好きなようにする」の中に「しておかなければならない」が忍び込んできたのは、後期高齢になると、いやでも残された日々を数えるからだろう。でもそれを果たしてゆくのは楽しい。自分が身軽になってゆく気持ちがする。

＊

『酒と人生の一人作法』を文庫化にあたって読み直し、いろんなことに興味を湧かせている当時の自分に懐かしい気持ちがわいた。

以上、七十八歳の近況報告でした。

令和六年　太田和彦

解説　燗酒、新聞、「太田好み」

元村有希子

居酒屋の情景を巧みに描いて多くのファンを喜ばせてきた太田和彦さんが、「老い」と「人生」にエリアを広げたのが本書である。

端的に言えば太田さんは、達意の文章を書く。仰々しい形容詞で厚化粧したりせず、ディテールを丁寧に重ねていく。書き出しはさりげなく、結びも無理にまとめず、それが余韻を残す。

短文の連なりが心地よいリズムを生み、読み手を引き込む。店内のしつらえ、ご主人の人柄、出される肴の味わい、燗酒との相性。そこで太田さんが独酌しつつ巡らせるさまざまな思いが交錯し、温かな物語が生まれる。例えば本書のこんな文章を読めば、老いる未来が待ち遠しくなるから不思議だ。

「出身も、前歴も、肩書も、栄光も、失意も、現在も、何も見せず、ただ自分一人だけの器量で酒を飲む解放感、その味、酔い心地。それができる年齢になったのだ。」

文章力をどこで磨いたのだろうと考え、ジャーナリストの文章と共通点が多いことに気づいた。見知らぬ土地へ単身乗り込み、初対面の人からとっておきの話を聞き出す太田さんの居酒屋探訪は、取材活動そのものだ。

「お品書きとかお酒の銘柄とか女将さんとご主人のなれそめとか、よく覚えていられますね」と聞いたことがある。太田さんは少し得意げに「それはね、トイレの個室で箸袋に全力でメモするんだよ」とおっしゃった。ちなみに記者たちも、酒を伴う懇親会で主賓から重要な発言が飛び出すと、素知らぬ顔でトイレに立つ。太田さんはその裏技を自ら体得したわけだ。

太田さんとの縁は十年ほど前にさかのぼる。主演する居酒屋番組のファンだった私が、プロデューサーを拝み倒して一席設けてもらったのだ。場所は東京・神楽坂「姿」の二階座敷。初対面の太田さんはテレビで見た通りの、きれいな飲み方をする紳士だった。

自分のペースで酒と肴を味わい、会話を楽しみ、ご主人への気配りも忘れない。なるほどこれが「酒品」かと納得した。「あのお客さんが来ると店が引き締まる、愉快になる、悪口を言う雰囲気が消える。それを『酒品』という」と、本書では解説している。

私が新聞記者だと知った太田さんは「社会の不正や悪に毅然と向き合い、言うべきことをきちんと言う。いい仕事です」とほめてくれた。おだてられて調子に乗った。ちょうど購読契約が切れるタイミングだと知り、自分が書いている新聞を勧めた。たまさか、新規契約の用紙を持っていた。

「いつから配達しますか?」「来月1日から」「ご自宅ですか? 仕事場ですか?」「仕事場へ」「何ヵ月契約にしておきましょう?」「一生」「一生」

一ヵ月、三ヵ月、六ヵ月、一年とあるが、「一生」というのはない。仰天し、そして背筋が伸びた。かくして私は「太田学校」の生徒になった。

以来、師匠の教えは実践している。出張先での居酒屋選びは、かっこうの力試しになる。チェーン店は除外、店構えは古くて結構。ただし清潔な暖簾がかかっていること。打ち水、盛り塩などされていればなお良し。ピンと来たらおもむろに近寄り、ガラス越しに店内を伺う。おひとり様に優しいカウンターがあり、団体客やカラオケがなく、笑顔の素敵なおかみさんがいれば女性でも安心だ。

門前の小僧なんとやらで、「利休好み」ならぬ「太田好み」も会得しつつある。番組でお品書きを眺めたあと太田さんが何を注文するか、今や6割以上の確率で当てられる。いつだったか、NHKで太田さんの酒器コレクションが紹介されていた。和箪笥の引き出しに並んだそれらをカメラがなめた時、息をのんだ。私が持っているのと同じ盃が映っているではないか。

九谷焼で、小さな白菊の花を金で彩った華やかなもの。私は高知城近くの古道具屋で一目惚れし、徳利と盃を合計九〇〇円で買い求めていた。太田さんも同じ店に立ち寄っていたことが、のちに分かった。

コレクションの一部が愛知県陶磁美術館の企画展で披露されると聞き、太田学校の生徒(自称)二人で押しかけたこともある。トークショーのあと夕飯をご一緒したのは名古屋・広小路の「大甚」。賀茂鶴の四斗樽が鎮座する燗付け場前の特等席に案内され、看板まで飲んだ。

その間、何人もの人が「失礼ですが太田さんですか?」と声をかけてきた。手には名著「居酒屋百名山」。紹介されている店を巡礼のように訪ね歩く人が少なくない。太田さんはそのたびに盃を置いて応対し、サインを求められればその人の名前を聞いて書き込んでいた。「いい酒、いい人、いい肴」の真髄ここにあり、という光景だった。

記者として太田さんに取材もした。二〇二一年夏、新型コロナウイルスの流行が続き、飲食店を標的にした厳しい営業制限が続いていた。太田さんの番組も仕事場での「家飲み」指南が中心となり、それはそれで興味深かったけれど、どう考えておられるのか、胸中を聞きたかった。

盛り場の灯が消えた現状をどう見ていますか。太田さんは珍しく気色ばんだ。

「居酒屋の居は、居心地の居、居場所の居。世間の隅っこに身を置いてじっくり考える、とても大事な場所だよ。東京オリンピックは強行する一方で、酒を悪者にし、営業許可という伝家の宝刀を振りかざして客商売の人たちに我慢を強いるなんて弱い者いじめさ」

なじみの店から悲鳴に近い近況が太田さんのもとに届いていた。後継ぎはいない、先も見通せないと店を閉める決心をした老舗があった。この期間を前向きにとらえ、店の水回りを改装したり、新しいメニューの試作に挑戦したりした若い店主もいたが、居酒屋文化の非常事態を、太田さんはしんそこ、憂えていた。

取材後の雑談で、居酒屋巡りを始めたころの思い出話になった。見せてくれたのは一九九〇年発行の「季刊居酒屋研究」創刊号。手書きの新聞である。トップ記事、座談会、一面につきもののコラムもあった。聞けば子供のころは新聞記者にあこがれ、手作りの壁新聞まで作っていたという「筋金入り」の新聞好きだった。

さて、喜寿を越えた太田さんのエッセイは、年相応の枯れ具合と、旺盛な好奇心のバランスが絶妙だ。本書に続いて上梓された「70歳、これからは湯豆腐」「75歳、油揚がある」などは、このごろはやりの「年齢本」を連想させるタイトルだが、「若々しくいるために」とか「こうやって老いたい」とか、こざかしいノウハウに逃げないのがいい。

酒、肴、山、橋、映画、歌謡曲、レコード……好きなものを「日本三大〇〇」とランク付けしてみせる様子もほほえましい。日本三大美人白割烹着女将。日本三大居酒屋湯豆腐。日本三大市場には、わが古里・小倉の旦過市場がランクインしていてうれしかった。別の著書には日本三大なめろう、日本三大酸辣湯麵というのもあった。絞りきれずに、いつのまにか「六大〇〇」になっていたりするのはご愛敬。

新聞が結んでくれた太田さんとの縁だが、この春私は三十五年間勤めた新聞社を辞め、京都に移住した。幸運なことに京都での居酒屋巡りの「口開け」は太田さんとだった。先斗町の名店「ますだ」で、司馬遼太郎の書を背負って頂く「きずし」のおいしかったこと。折しも転職先の入社式の前夜。刷り立ての名刺の1枚目を太田さんに渡し、門出を祝っていただいたことは、生涯忘れないだろう。

師匠、次の上洛の際は、私が発掘した名店にご案内します。

（もとむらゆきこ／ジャーナリスト、同志社大学特別客員教授）

◎初出一覧（本書収録時に一部見出しを変更しています）

居酒屋の作法――「漫画ゴラク増刊・酒楽」日本文芸社
居酒屋の注文――「おさかなぶっく」中島水産
女将のいる店――「ミーツリージョナル」京阪神エルマガジン社
居酒屋は大人の場所／酒が人間をつくる――「リアルネットワーク」
東京の居酒屋／京都の居酒屋――「ディスカバー・ジャパン」枻出版社
バーを愉しむ――「バーテンダーズ・マガジン」北澤企画事務所
銀座のバーで飲む――別冊「太陽」平凡社
日本酒の四季――日経新聞
盃を手に思うこと――朝日新聞コラム「飲むには理由がある」
上高地帝国ホテル滞在記――室内誌「IMPERIAL」
夫婦の居酒屋旅――読売新聞
居酒屋と風土――季刊「そら」IDP出版
大阪「明治屋」は居酒屋遺産――「あまから手帖」クリエテ関西
旅で出会った店たち――「トランヴェール」ジェイアール東日本企画
映画の酒場／女優と酒――「映画横丁」ソリレス書店
早田雄二とスターの時代――「コモ・レ・バ？」
わが愛しの東京女優／東京の歌謡曲／そば打ち体験――「東京人」都市出版
二足めのわらじ――「青春と読書」集英社
息抜きは自炊／煙を愉しむ／神社詣で／中高年のおしゃれ
――「週刊文春」文藝春秋
真空管アンプでレコード――「HARMONY」YAMAHA
病気自慢――「クロワッサン」マガジンハウス
一人バザー／掃除／そうめん三昧――神戸新聞
芋煮会――「暮しの手帖」暮しの手帖社
絵を買う――京都新聞
不動の価値――「PHP」PHP研究所
ある句会にて――「NHK俳句」NHK出版
自選句　冬の旅――「俳壇」本阿弥書店
無人島に持ってゆく曲／無人島に持ってゆく映画／無人島に持ってゆく本
――『無人島セレクション』光文社
私の東京物語――東京新聞

本書のプロフィール

本書は、単行本『酒と人生の一人作法』（亜紀書房刊）をもとに、一部に加筆修正したものです。

小学館文庫

酒《さけ》と人生《じんせい》の一人《ひとり》作法《さほう》

著者　太田《おおた》和彦《かずひこ》

二〇二四年九月十一日　初版第一刷発行

発行人　鳥光　裕
発行所　株式会社　小学館
〒一〇一-八〇〇一
東京都千代田区一ツ橋二-三-一
電話　編集〇三-三二三〇-五四二八
販売〇三-五二八一-三五五五
印刷所――――大日本印刷株式会社

この文庫の詳しい内容はインターネットで24時間ご覧になれます。
小学館公式ホームページ　https://www.shogakukan.co.jp

ISBN978-4-09-407385-0
JASRAC 出 2405967-401